人棺

序

「所以我說，今天會晚一點回去，餓的話晚餐你就自己先吃吧，我回家再隨便煮點泡麵就可以了。」

清晨開始的大雨持續下到現在，雖然還是夏季，但因為烏雲厚重的緣故，使得天色提前變得陰暗。加上雨滴打在車窗上，田中健作內心煩躁，卻不得不比平常還要更謹慎地駕駛廂型小貨車，畢竟這是屬於公司的資產，要是出了意外，縱使有保險理賠對方，光是車子的維修費就不是自己能負擔得起的，再怎麼說都還有房子的貸款要繳。

白色的廂型小貨車外頭漆有公司的標誌，行駛在郊區道路上，地面有些崎嶇。雖然雨天視線並不好，但由於車輛少的緣故，至少可以維持一定的車速，所以開起來還算順暢。物流司機這種工作，下班時間全看自己何時把貨送完，田中健作憑著多年經驗，在安全與速度之間小心的拿捏。

肩膀夾著手機，左手操作著方向盤，右手則隨時準備換檔。事實上田中健作此刻的動作非常危險，從十分鐘前他就試著要掛斷電話，但無奈妻子並不是個可以理性溝通的人。

「廠商那邊突然追加貨物我也沒辦法啊！又不是我喜歡加班的，妳可不可以理性一點！什麼叫做跟店長抗議？妳以為跟店長抗議會有用嗎？告訴妳，可以取代我的人多的是……喂，妳有沒有在聽啊？」

電話那端突然一點聲音也沒有，通常妻子只要不開心就會賭氣不講話，卻也不肯掛電話。

田中健作有些頭疼，今天從一大早他就開始努力趕進度，為的就是希望能提早下班，沒想到臨走前客戶突然追加訂單，將他們原本預定好慶祝結婚周年的計畫全打亂了，連原本訂好位子的餐廳都被迫取消。也不能怪妻子會如此失望。他一方面能諒解妻子的心情，一方面卻又因對方無法體諒自己工作的辛苦而氣惱。

「喂？你要是不講話，我就要先掛電話了。」他試著想了一下妻子獨自在家等候的情景，語氣放軟道：「我現在這樣開車很危險，回家前我去多慶屋買你喜歡的芋泥蛋糕，我們再來好好補過結婚紀念日，嗯？」

媽媽——

手機裡突然冒出一句小孩子的聲音，接著傳出陣陣雜訊。

田中健作愣了一下，才在懷疑自己是否聽錯時，他一抬頭，車燈照到的前方，突然有一個嬌小的身影從巷子口衝了出來！看起來是個小男孩，田中健作急忙踩煞車，沒想到輪胎卻在濕滑的路面上打滑，他用力把方向盤左轉到底，沒想到車子重心不穩整個往旁邊翻倒。

田中健作在失去意識前只記得四件事：

第一、煞車皮過熱的塑膠融化味道。

第二、剛才有一瞬間與跑出來的孩子對上視線，依稀從他的臉上看到若有似無的詭異笑容。

第三、輾過東西的感覺。

最後就是，幸好有叫妻子先吃晚餐了……

這些就是田中健作在車子翻覆撞上圍牆前最後的意識。

目錄

人棺

入棺

1章 無名屍

「嘔——」

這是一間市區裡的高級私立學校，學生的家庭背景，非富即貴。簡單來講，這裡是資本主義的溫床，從學生時期就明確劃分出社會階層，將沒有錢的人隔絕在他們所處的世界之外。

嘔吐聲斷斷續續從角落裡的女廁傳出，上課鐘聲已響起了好一段時間，卻沒有人發現她在這裡。當然也不會有人來找她，這裡的老師已經被訓練成不敢得罪學生，要讓小小教職員丟掉飯碗，對這裡的學生來說是輕而易舉的事情。所以學生翹課，甚至不來學校，老師們多半也都睜一隻眼閉一隻眼，不予理會。

她虛弱地抱著馬桶，早就將原本胃裡的食物全吐出來了，但仍持續的反胃，現在只能不斷乾嘔而已。

她靠在廁所的隔板稍作喘氣，伸手將木板上的粉紅色塑膠貼皮撕了下來，露出裡面的廉價木板。她露出了笑容，這種用木屑組合成的聚合板，不就跟她可恥的母親與繼父一樣嗎？只要撕開了光鮮亮麗的包裝，就能看出裡

第一章 無名屍

面的廢物與殘渣。

不過就是有那種可恥的母親，才會生出她這種可恥的女兒。這是她想盡辦法都無法逃離的血緣束縛。如今，這可恥的血脈將會被延續下去，她腳邊的驗孕棒上顯示著兩條怵目驚心的紅色線條，不斷的提醒她這件事情。

從剛才到現在，她已經隨意撥打了七、八通的電話，卻沒有一個跟她睡過的男人願意承認那是自己的小孩，每一個男人接起電話，聽到她懷孕後都立刻想起了還有別的事情要忙。

他們的反應讓她忍不住笑了出來，這一點也不意外，她認知裡的男人就是這種生物。

其實她當然知道孩子的父親是誰，不過她更想看的是母親知道事實後的表情。

那一定非常有趣。

她掏出口袋裡的香菸咒罵著：「去他的學校，我就是要抽菸！」

將驗孕棒丟進馬桶裡，伸腳踢沖水把手，將燒紅的菸頭狠狠地在門板的貼皮上留下烙印。

雨勢到了傍晚突然更加劇烈，陰鬱的氣氛瀰漫四周。黃色警戒線將巷口層層封起，有兩輛警車停在路旁閃著警示燈，雖然已逼近夜晚，但還是有許多人圍在一旁觀看。

就像盲目追逐火光的飛蛾一般，人類總是病態並且本能的追逐著悲劇，幾千年下來一點長進也沒有，隱藏在面具底下的是一顆顆冷漠的心，死者流出的血與圍觀的人數成正比，越是血腥，人們就越愛。彷彿是想要用別人的不幸來證明自己的幸福似的。到頭來，你會分不清究竟是死去的人，還是活著的人，比較令人同情。

但至少還有一小群人不是被好奇心給驅使來的，他們只是在雨天裡仍需克盡己職的警員。

第一章 無名屍

他也是如此。

男子將白色的國產車停在稍遠一點的路旁，試了幾次才成功將之前車禍所撞壞的變形車門給關上。撐傘向事故現場走了過來，那種完全不顧別人的直線行進方式，逼得周圍的人不得不讓出一條路來。他完全無視警方所拉起的界線，正當他抬腳想跨進去時，在一旁忙著疏散圍觀民眾的年輕警察趕緊將他攔截下來。

「這裡是事故現場，一般民眾請不要隨便跑進來。」年輕警察舉起閃爍著ＬＥＤ燈管的警棍。

「我是警察。」

「名字還有證件呢？」

年輕警察聞到對方身上散發的酒味不禁皺起眉頭，開始仔細打量對方。他一身輕鬆的家居服，配上拖鞋，以及剛睡醒的亂髮，未免也太邋遢了吧。哪來的醉漢？

「前田和介。」他搔了搔三天未刮的鬍渣，單手在外套裡摸了半天卻找不到東西。「真傷筋，我好像忘了帶皮夾了，我的證件都在裡面。」

「那樣的話就請你先離開這裡吧。」

「你就通融一下讓我過去不就行了，我真的是忘了帶啊。」

「恕難從命。」

「負責這裡的是古市吧？麻煩幫我向他知會一聲，是他跟我聯絡的。」

「古市警官現在正在調查，不方便被打擾。」

「那負責帶你的警察呢？他應該認得我。」

無心的一句話在年輕警察耳裡聽來卻格外諷刺，這個人現在是在暗示自己資歷還太淺嗎？

「所有人都在忙，請你趕快離開不要妨礙警方辦案！」他揮著警棍往前逼近了一步。「你再不走我就要依妨礙公務罪將你逮捕了！」

「什麼辦案，不過就是車禍嘛。」前田咕噥，年輕警察也堅持不肯退讓，兩人各自醞釀著怒火僵持不下。在一旁身穿橘色雨衣負責指揮現場的警察注意到，趕緊跑了過來。

第一章 無名屍

「前田警官！」穿橘色雨衣的警察把還在錯愕中的年輕警察的頭壓低，向前田行禮。「非常抱歉，他最近才剛調過來所以不認得您，請您不要介意！」

「呦，中村。」前田和介愉快地享受著年輕警察受到驚嚇的表情，畢竟警官跟警察可是完全不同等級的。「這種雨天辛苦啦。」

「這沒什麼，倒是前田警官，您今天不是休假嗎？怎麼還親自跑來現場？」

「還不是古市那臭小子害的。」想到他，前田又一把火在胸口燃燒。「你們有看到那傢伙嗎？」

「古市警官應該是在那邊，武內小姐應該也在那裡。」中村比了個方向。

「謝啦。」

前田道謝完隨即轉身大力的拍打年輕警察的肩膀，爽朗的笑道：「你也辛苦啦。不懂的變通的話，至少也要記住上司的臉嘛。」

年輕警察的臉一陣紅一陣白，看著前田離去的背影，他撫摸著自己被拍疼的肩膀，中村安慰他道：「別在意，前田警官雖然個性急躁了一點，但其實脾氣很好，他不會這樣就生氣的。」

「他真的穿得很邋遢。」年輕警察皺眉。

中村微笑不語。

「是真的很邋遢啊。」

前田離去的拖鞋節奏聲被雨聲所掩蓋。

所有人都以為是朝著真相邁去，沒想到截至目前為止，都還只是序曲而已。

✝

「古市你這個混帳！」

正在仔細調查現場的古市伸行，後腦杓被人用拳頭重重地敲了一記，原本蹲在地上的他差點重心不穩往前傾倒。回頭只見一個滿臉怒氣的男子撐傘

第一章 無名屍

站在身後。

「您這是在做什麼？前田警官！」

「臭小子，你一通電話就讓我的休假全泡湯了，竟然還忘了知會現場警察說我會來，害我剛剛被扣住盤問！」

眼前的這位大叔看起來就像是跑錯片場的幕後工作人員，如果忽略掉他那一身肌肉，就會是個完美的流浪漢了。

古市伸行臉部肌肉痛苦的皺在一起，很努力控制表情才沒笑出來。「抱歉，抱歉。」

「你最好給我維持這種表情，不然我記得你的特休假還需要我的批准呢！」

「前田警官，真的非常對不起。」古市不正經的行禮，壓根沒把威脅放在心上，因為他深知前田嘴巴壞歸壞，公私卻非常分明。更重要的是，這個人的脾氣來得快去得也快。「不過話說回來，不是向他們出示證件就好了嗎？誰有這麼大的膽子敢扣押我們的前田警官大人？」

「我忘了帶錢包……」前田勾住他的脖子。「所以等會晚餐你是請定了。」

「不會吧！老大，要月底了欸！」

「反正你又沒有老婆要養，不然我就想辦法讓你加班加到半夜，把我們兩個的餐費錢都報公帳，你覺得怎麼樣？」

古市掙脫後調整了被弄亂的領帶，認命的嘆了口氣。「您晚餐想吃什麼？前田大人。」

「讓我想想，要吃什麼好呢。」前田露出得逞的笑容，難得美好的休假被打斷，怎麼說也得拿人來消氣。

他拿出菸叼著，單手在懷中摸索打火機，想起剛才的事情忽然笑了出來。「剛才那個菜鳥警察竟然連他上司的長相都不認得，還說什麼要依妨礙公務罪將我起訴，下次給他人員名單要他重新背一下。」

「那是因為你看起來就像是路邊的流浪漢啊，就算現在拿照片比對也沒有人認得出來。」一位身穿鑑識專用白袍的長髮女性抱著文件資料走了過

第一章 無名屍

來，拿掉前田嘴裡的菸，隨手丟在地上。她豐厚的嘴唇，笑起來非常性感。

「別在淑女面前抽菸啊。」

「你才別在事故現場亂丟東西，武內小姐。」前田回以僵硬的微笑，最後四個字說得咬牙切齒。

眼前這位武內千代是位驗屍官，有著性感的身材，但是她其實已經是兩個孩子的母親了，而且還是個看到腐屍面不改色的狠腳色。前田跟武內雖然幾乎可以說是同期的，但實際上她的資歷比他還要早了三個月。

不知道為什麼，前田對她非常沒轍，一見到她頭又開始痛了。

「除了失業的中年男子，哪有人一大早就喝酒的啊？」

「少囉嗦，今天原本可是我的休假日，要幾點喝酒是我的自由。」

「要不要我幫你填寫失業補助金的申請單？」她擺出母親寵愛小孩的表情，微笑看著他。

「古市！幫我讓這女人閉嘴，我就讓你年終考核以優等通過。」

武內千代直接走向古市伸行。「古市警官，麻煩你將這位喝醉酒的大叔拖走好嗎？他的酒味薰得人家不太舒服。」

這女人簡直不可理喻！前田氣結瞪著她說不出話來。

古市頭痛的看著他們，這兩個人其實交情很好，工作上也因為合作多年早就培養出默契了，偏偏就是愛鬥嘴。只有他們樂在其中，旁人卻常遭受波及。有時候古市覺得武內小姐根本是以惹前田警官生氣為樂。

「武內小姐，檢驗結果怎麼樣？」古市無奈地想轉移兩人在彼此身上的注意力。

「第一階段的驗屍報告出來了……」武內千代翻著手中的報告書，神情古怪的看了古市一眼。「果然跟我初步推估的一樣。」

古市倒抽了一口氣，現場氣氛突然變得很凝重，沒有人願意先開口說話。

白色貨車的車頭，一大半陷入了住宅的圍牆裡，凹陷的車身積滿了雨水。散落一地的殘骸已經用三角錐和白色膠布明顯地標示出位置。防水的深色塑膠布蓋在地上，中間隆起，血跡早已被雨水沖刷殆盡，只剩柏油路上四

第一章 無名屍

道令人怵目驚心的煞車痕，深深烙印著，記載了這次的事故。遺憾的痕跡再深刻，總有一天也終將消失，伴隨時光流逝終究會被世人所遺忘。

橫躺的小型貨車，看起來就像倒地不起，壽命將盡的大象。不過就算是大象，肯定也不想要這麼慘烈的死法吧。

真是一起悲壯的車禍。

「說吧。」前田和介從懷裡拿出另外一根菸，他並沒有點火的打算，只是叼著菸比較能冷靜思考。眼底一閃而過的銳利，隨即又恢復成一副慵懶的模樣。「召回正在休假的我，肯定不會只是單純的車禍。」

「我大致講一下案情經過好了……」古市從懷中拿出記事本，前田注意到他用的詞是「案情」而非「事故」。

「駕駛員是東北貨運公司的田中健作，於今日下午三點零五分，疑似下雨導致煞車失靈，貨車因而打滑翻覆。他已被送往附近的醫院，目前仍在昏迷中，整起車禍造成一人死亡。」

前田蹲了下來，拉開防水布的一角，皺起眉頭。「司機沒事，但死者是……小孩子啊。」

臉部血肉模糊，整個慘不忍睹，鼻子眼睛全都不見了，只剩下像是絞肉般的物體還附著在上面。這麼多年來他見過無數的屍體，卻從未見過這麼悽慘的。前田溫柔地將布蓋了回去。

「死者是男性，年齡推估五至六歲，目前身分無法確認，還要再比對最近附近通報的失蹤案例。」

「死亡原因呢？」

「車禍造成失血過多。而且警察們在附近問到的證詞都指出是死者突然衝出馬路，造成貨車閃躲不及而翻覆的。」古市停頓了一下。「後來我們有調閱附近的監視器，的確是如同目擊者所說的情況，是小孩子自己跑出來的。」

「我覺得仍有疑點。」前田拿下含在嘴裡的菸。「就算雨勢這麼大還是掩蓋不了，那股屍臭可不是今天下午才剛死亡的人會有的味道。」

前田和介與武內千代交換了眼神，武內把手中的文件遞給他。「這是我

第一章 無名屍

剛拿到的初步驗屍報告。」

前田翻了下，難以置信的張大眼睛，手中的菸掉到地上。「這是……」

「這就是我們找你來的原因。」古市神情嚴肅。

姓名：不詳。

死亡原因：待二次檢驗。

死亡日期：……

那是三天前的日期。

✝

「對不起囉，把你變成這副模樣。」

武內千代喃喃自語，將黑線拉緊，縫上最後一針，盡可能地將原本殘破不堪的屍體恢復原狀。胸腔前大型的T字手術縫合傷口，是驗屍時所留下的痕跡，另外因為車禍斷裂的雙腿以及右手都勉強接了回去。

她脫下手套，擦去額頭的汗水。

身分不明的男孩屍體，確定是三天前死亡的。身體上有許多經年累月被香菸所燙傷的痕跡，還有割傷的傷疤，甚至還有遭受性侵的傷口。實際年齡約莫七歲，卻因長期營養不良比同齡小孩還要瘦小，而正確的死因，應該是餓死的。男孩的臉部是遭人刻意用鈍器給毀容的，面目全非，牙齒被人刻意撞爛，指腹的肉都被切掉了。特意切掉指紋，看來是有人怕小孩的身分被查到。

兇手多半是認為，一旦小孩的身分被查到，自己的身分就會曝光。這麼說來犯案的人有很大的可能是熟人，所以才需要如此大費周章。兇手甚至有可能是孩子的親生父母。

但事實上這麼小的孩子根本就不會留有案底，就算保留孩子的指紋，警方也不見得能追查的到。可是對方竟然為了「以防萬一」，而對這麼小的孩子痛下毒手。

武內千代點起了一根菸，緩緩地將煙吐出。雖然她可以專業的完成驗屍

第一章 無名屍

的工作，卻不代表她沒有情緒。每天上班，心情都被受害者牽動著。她自己也是有小孩的人，看到跟自己兒子同齡的小孩受虐，令她十分不悅。

深夜裡空蕩蕩的解剖室，只剩自己和「他」兩個人。其他助手早已下班，其實武內千代大可以明天再繼續工作，但是她無法把解剖到一半的屍體丟下不管。總覺得要是把散落各處的屍塊就這麼隨意擺放的話，她將會再也無法分辨生與死的界線，一旦把屍體當作普通物品看待的話，她怕自己會忘記他們曾經活過的事實。

要是變成只把工作當作例行公事的話，還不如辭職算了。無關道德或是罪惡感，這是武內千代自己的堅持。所以她總是還晚離開，常在夜深人靜時獨自面對屍體，總是努力地想為死者做點什麼。也因此她晉升得比別人還要快。

武內千代想起了年幼的兒子，希望他將來有一天能原諒這個總是晚歸的母親，原諒她總是將應該留給他的時間奉獻給別人，她甚至希望兒子能理解自己對工作的熱愛。

不，肯定是無法理解的。年幼的孩子怎麼可能接受這種想法，自己真是自私啊。

武內千代露出苦笑，她只是希望兒子能了解並認同自己的想法，但或許這只是一廂情願罷了，因為就連她的丈夫也無法理解。

應該說是「前任」丈夫，對方責怪自己是失職的母親，所以才協議離婚。諷刺的是，前夫竟然在外頭養了別的女人，後來離婚時甚至直接放棄了孩子的扶養權。

她把菸捻熄，拿了罐偷冰在實驗室中存放器官冰櫃裡的啤酒，回到辦公室。現在已經凌晨兩三點了。武內千代坐在位子上，疲憊地閉上雙眼，深深地嘆了一口氣，拿起辦公桌上自己與兒子的合照。辛苦工作了一天，最期待的就是摟著兒子睡覺。想到兒子溫暖的體溫，才終於讓她覺得這世界並不是只有屍體跟命案而已，還是有一些美好的事情存在。

她的工作已告一段落。至於為何會被棄屍在那裡？為什麼死亡時間遠比車禍還早？這孩子生前到底是被誰這樣對待？剩下的就是前田他們的責任

第一章 無名屍

了。

前田嗎？

想到比自己還要小兩歲的前田，他們與其說是談得來，不如說是極為相似，因此她才特別喜歡找前田拌嘴。兩個人對於工作都有莫名的責任感，還有過多的同理心，但其實從事這一行的人，冷血一點才比較不會受到傷害。

兩人當初認識時，自己這種容易得罪人的個性，竟意外和前田合得來，後來就這樣成為了朋友。她一直都知道前田喜歡自己，她自己也曾心動過，但當時武內千代早就已經與大學時交往的男友有婚約在身，所以兩人就這樣無疾而終。後來武內離婚後，還是無法跟前田交往。一方面是雙方都覺得已經錯過了最初的緣分，另一方面則是他們都心知肚明，太過相似的兩個人，反而沒辦法在一起。他們始終沒有辦法跨越友情的那條界線。如果兩人真的開始交往，可能最終會因受不了彼此而分手吧！到最後連朋友都當不成。所以她和前田雖然大概知道對方的心意，卻都沒有談論過感情方面的事情。

不過就算是跟個性不一樣的人結婚，也不見得能相處融洽，想到了前夫，武内千代露出嘲諷的笑容。

匡噹！

鐵製品摔落的清脆聲從遠方的解剖室傳來，迴盪在長廊，在無聲的夜裡聽起來格外刺耳。

武內千代趕緊放下啤酒罐，可能是剛剛用來放菸蒂的鐵盆掉了。每天面對這些屍體不偶爾來個兩根，誰受得了。實際上幾乎整個實驗室的人都有在抽菸，只是大家私底下都心照不宣。但是如果沒有收拾好被明早清掃的人員發現了，主任就很難向上頭的人解釋了。

踏出辦公室，她打了個冷顫，不知道是入夜溫差大，還是哪個混蛋走之前忘了關走廊冷氣了。陰暗的走廊散發出一股奇怪的味道，看起來像沒盡頭似的，延伸到世界的角落。

喀啦，喀啦。

黑色高跟鞋踩在石製的地磚上，武內千代搓著身體快步地走向前去。明明每天都會經過這裡，但今夜卻格外的陰森，縱使她不相信靈異故事，也還

第一章 無名屍

是想盡快離開。

感覺像是走了一輩子，在盡頭的左側，解剖室的門大大地開著。

裡頭的冷氣都流出來了，難怪走廊上都是腐屍味，她皺了眉頭。

按了門右側的開關，解剖室的日光燈從左至右依序開啟，陰暗的室內頓時變得明亮。她看到方才解剖屍體的空鐵床旁邊，有一個圓鐵盤倒蓋在地上。

她拿了流理臺的抹布蹲在地上清理，把菸蒂撿回鐵盤裡。此時寒風硬擠過窗戶發出了呼嘯聲。天氣似乎轉涼了，待會兒回去可能要幫兒子多加一件被子。

突然從上方落下一滴暗紅色的液體，滴在剛擦拭好的地板上。她沒有思考，就直接把它擦掉。

突然，又落下一滴。

兩滴，三滴。

有一滴液體正好滴在武內千代的脖子後，順著背部曲線流到衣服裡。她腦內突然想到兩個不相關的問題，為什麼前田都快四十歲了還沒結婚呢？難道他真的還喜歡自己嗎？

要是有問過他就好了，武內千代現在突然有些後悔。

另一個問題則是……剛才解剖的小孩屍體跑去哪裡了？

一股腐爛的惡臭從背後傳來，一雙殘破而冰冷僵硬的雙手從背後環抱住武內，從原本該是嘴巴部分的碎肉中發出模糊不清的聲音。

媽媽……

✝

這裡是位處東北的小鎮，四周被群山所環繞，受惠於地理位置，一路走來，躲過了戰爭的摧殘，許多老舊的建築都被完整的保留下來，除了少部分近代的新建築，大體而言，整座城鎮仍保有百年來一貫純樸的模樣。

靠近神社所處的山腳下，街道的盡頭有著鎮內歷史最悠久的建築。這

第一章 無名屍

棟老房子實際存在的年分已不可考，但是從傳承的祖譜推算下來，起碼已超過數百年。屋頂上的瓦片近幾年才剛換過，聽說百年前的一場大火曾讓這棟建築損毀一大半，從屋內牆壁泛黃的程度，可以輕易地區分出後來新建的部分。外側木製的部分，則是定期漆上了防水用的油漆，看得出來歷年來的屋主都曾悉心的維護。

房子靠近道路的那一側，最初便建造成店鋪的格局，房子的後方以及新裝修的二樓才是生活起居的場所。房子的旁邊，有一條通往後院的通道，這間屋子裡的人從來不走大門進屋，反而總是特意走通道進去。

外頭的雨打在屋簷的木板上，上頭刻著兩個毛筆撰寫的粗大的字——八塚。

大門只掛了這家的姓氏的木牌，因為裡頭所販售的商品大家一看便知。店鋪的大門全部都拆卸下來，無論早晚、不分季節，它總是維持著敞開的狀態，從馬路就可以清楚看到內部販賣的商品。沒有窗戶的密閉店面，上頭的黃色燈光不時地閃爍，木頭潮濕的霉味瀰漫在屋內，像是房子上空籠罩的烏

雲那般，有股不吉利的感覺

行人撐著傘經過門前時，總是不自覺地加快腳步，或是特意繞到街道的另一側行走。

一道閃電閃過，將一具具直立靠在兩側牆上，不同木頭材質所製的長型箱子，拉出模糊不清的影子。

無數個棺材直立於兩側的牆壁上。

八塚家是傳承數百年的棺材店，這個村裡沒有人不知曉，但卻沒有人敢靠近這裡。這裡的人們私底下都畏懼著這家的祕密，沒有人敢公然談論，但卻都心照不宣。因為如果只是尋常的棺材店倒也還好，但……

原本寧靜的老房子裡，突然冒出女人歇斯底里的尖叫聲。

「不答應！不答應！我絕不答應！」

「綾子……」

「你根本不在乎我跟翔太的死活對不對？」

「我怎麼可能會希望自己的女兒還有孫子死掉呢？」身穿褐色和服的白

無名屍

髮老人嘆了一口氣。「綾子，妳冷靜一點。」

「你這叫我怎麼冷靜下來，隨隨便便的就接下了來路不明的屍體，要是翔太出事了，該怎麼辦？」八塚綾子氣得渾身顫抖，用力拍著桌子。

「沒事的，我們以前又不是沒有接過警方的委託，那位前田警官你也認識。再說，身為棺材店是不能拒絕死者的委託的。」

這位老先生是八塚家從有記載開始算起的第九十九代家主——八塚法一郎。

八塚家數百年來都經營著棺材店，從未間斷過，因此被當地人所忌諱著、恐懼著。老一輩的村民甚至相信八塚家跟亡靈簽了契約，多年來探聽出許多人家不可告人的祕密。大家會這麼害怕不是沒有原因的，因為八塚家的人不知道為什麼，總是能得知死者生前的事情。還有什麼比掌控死者祕密還要更可怕的事情呢？

這裡的人們因為畏懼著八塚家，盡量不去談論死的話題，因此有句「只要遺忘死亡，死亡也會遺忘你。」的古老諺語一直流傳至今。甚至有一大半的人只在家中有人過世時，才會經過這條道路。

總而言之，販賣棺材賺死者的錢，對他們而言是污穢的行業。

以前在帝國體制下處死的犯人，若是無人認領，便會轉交給地方的棺材店代為處理。時過境遷，死刑犯大量縮減，但是偶爾出現身分不詳的無名屍時，通常在警方調查結束後，屍體還是會交給像是八塚家這種的殯葬業辦後事。

「這次的屍體跟以前完全不一樣！你都沒看新聞嗎？」八塚綾子拿出報紙，上面的標題非常聳動。「活屍？車禍前三天就死亡的屍體！」、「美女驗屍官調查中離奇死亡！」、「是詛咒還是生化危機？」

「萬一我們家被怨靈詛咒了怎麼辦？你根本就很希望我跟翔太死掉對吧！你從以前就最疼和子，你從來就只愛和子而已，你心裡一定希望當初離家出走的是我而不是她。我真希望她這輩子都不要再回來了！」

「和子可是妳的雙胞胎妹妹啊！妳怎麼能這麼說？」

「每次開口閉口都是和子，正好她也生了男孩可以繼承八塚家，我早就知道你已經不需要我們了。」

「我從來沒有這麼想過，惠理……妳媽媽她可以幫我作證。」

「媽媽都已經過世那麼久了！你不要故意提起她的名字！」

「惠理，怎麼辦……可是妳也不是不知道綾子的脾氣，從以前我就拿這孩子沒辦法。妳是說買巷口的糖給她吃嗎？可是綾子已經不是小孩子了，她現在有了孩子，早就當媽了……」

「爸！」

「綾子的小孩不是叫直人，直人是和子的孩子才對，妳老是記不清楚。」

八塚法一郎常常這樣，前一刻明明還很正常的跟你談話，下一秒腦袋就不知道是哪顆螺絲鬆掉了，總以為妻子還活著，陷入了老人痴呆的症狀，會一個人自言自語。綾子之前還懷疑過那是父親故意裝瘋賣傻，偷偷觀察過父親後，發現他能跟自己幻想的妻子聊天聊一整個下午，綾子才相信父親是真的瘋了。

「早就跟妳說不要取名叫綾子了，這名字聽起來就是比較強勢……」

她忍不住翻了白眼，又來了，這樣根本無法談話嘛。

八塚綾子完全能理解其他人看自己家的怪異眼神，因為八塚家歷代以來很多人都有精神病史，通常都會人格分裂或是精神崩潰，多半都活不久。這就是八塚家的詛咒——遺傳性的精神疾病。

2章 繼承人

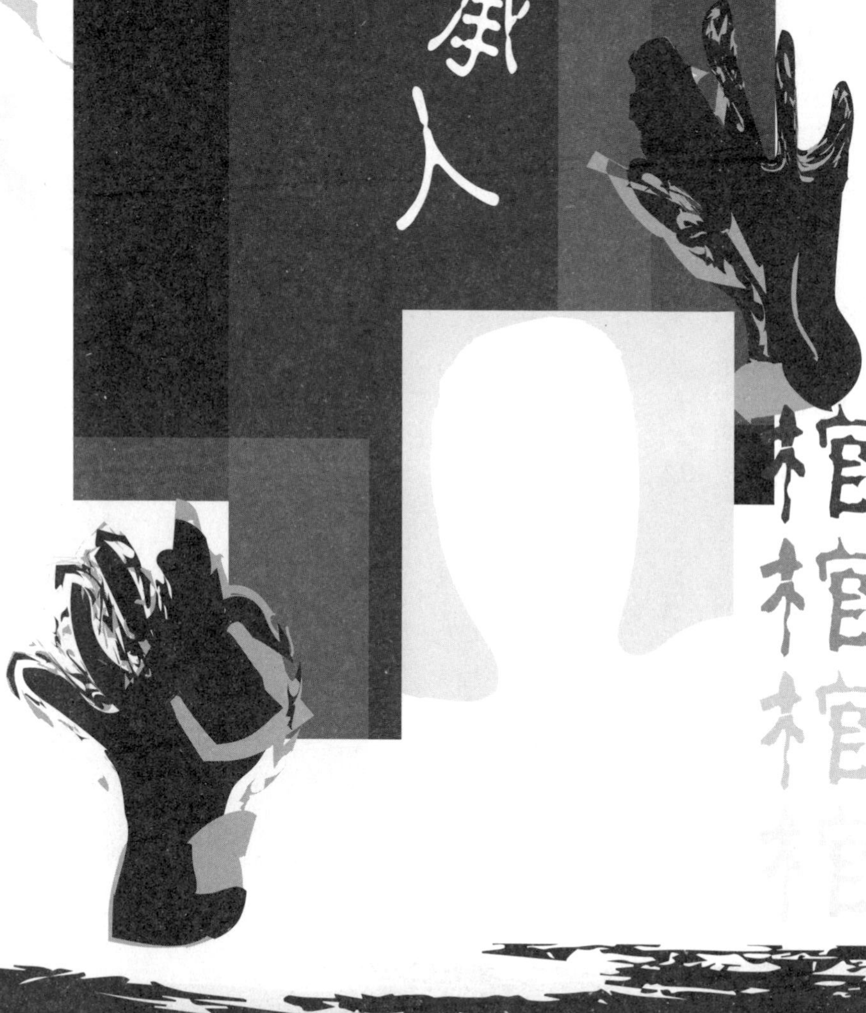

入棺

高級的洋房裡，無一處不是砸重金裝潢裝飾的。精挑細選的深紅色天鵝絨窗簾、配合時節的插花擺飾、高級的實木地板、落地窗前的鋼琴，以及無數她根本分不清楚價值的裝飾品。在這個金碧輝煌的籠子裡，令她非常不自在。

少女百般無聊地玩弄餐盤裡女傭所準備的食物，坐在她對面的貴婦則是優雅地將食物切小後送入口中。要是有優雅進食的比賽，母親一定可以得到優勝，少女諷刺的這麼想。

印象中她這輩子從來沒有吃過母親所準備的食物。

她的母親有一套自己的生活美學，誰都不容許破壞，包含她自己的女兒也不行。少女從小就辛苦地想要跟上母親優美的步伐。但或許是小孩子總是不夠「優美」吧！所以她完全沒有被擁抱過的記憶。

當她放棄母親所堅持的「優美」後，母親就對她一點興趣也沒有了。少女才領悟到原來母親對自己一點愛也沒有，自己只是母親偏執的一部分而已。她的母親將生活當作一場巨大的扮家家酒，厭惡醜陋跟失敗，一切都力求精緻完美。

就連自己試圖向母親求救時，母親也是選擇對醜陋的真相視而不見，推開了她的雙手。

「下次抽菸，在味道散去前別踏進這個家門。」貴婦放下刀叉，用餐巾的尾端抿了下嘴唇。「臭死了。」

「我吃飽了。」少女丟下叉子，拿起書包便想起身往外走。

「坐下。」貴婦優雅的喝止。

但她不理會母親的叫喚，逕自往門口走去。

「妳懷孕了。」沒有驚訝，也不是質問。貴婦只是平淡地指出事實。要是她肯開口罵自己，少女心裡會覺得比較好過一點。

「妳怎麼會知道？」

「這家裡沒有事情瞞得過我的。」

「妳叫田中太太翻我廁所的垃圾桶？」

「把孩子拿掉。」

少女注意到她並沒有否認。「妳真的叫田中太太翻我廁所的垃圾桶！」少女憤怒的大叫。「妳腦子有病耶！真噁心！」

貴婦不理會她的怒罵，依然面容平靜。她拿起事先準備好的信封遞給少女。「這筆錢給妳拿去墮胎，我不管妳怎麼玩，但結婚前不許懷孕，太難看了。」

少女接過厚重的信封，突然露出一絲詭異的笑容，無法抑制的大笑。「妳知道的吧！妳從頭到尾都知道孩子的父親是誰，竟然還有臉叫我墮胎。」

「是誰的都一樣，反正是見不得人的孩子。」

「我偏偏要生下來。讓妳看看妳想要裝作視而不見的現實是如此的醜陋。」母親越是要她拿掉這個孩子，她就越想要留下。這個孩子可是能讓眼前這位貴婦蒙羞的活生生罪證。

「妳敢！」貴婦第一次有了情緒，臉色鐵青地站了起來。「如果妳不同意墮胎的話，妳只要踏出這個門就不許說是我們家的孩子，請跟我們斷絕關係。就連妳腳下的鞋子也無權穿走，那是屬於佐倉家的東西。」貴婦聲音優美，吐出來的字句卻句句殘忍。

少女順從的脫下腳上的涼鞋，往貴婦臉上一砸。貴婦只來得及轉頭，所以被涼鞋砸中了右臉頰。少女赤著雙足，冷笑著甩門而出。

「我會回來的，而且還是抱著妳可愛的『兒子』回來。」

✝

「再忍三個月就好了、再忍三個月就好了……」

年輕的工讀生不斷嘀咕著，要不是看在這裡薪水優渥，還有自己想快點繳清學貸的份上，誰會想要來這間醫院附屬的停屍間打工。這工作連正職職員都不想做，所以才會另外雇用他們這種急需用錢的學生。

雖然已經來這裡好一段時間了，但是他每次來工作的時候都還是會覺得毛骨悚然。

縱使穿著厚外套巡視地下的停屍間，年輕的工讀生還是打了個冷顫。

由於怕屍體腐爛，這裡的冷氣終年都保持著極低的溫度。為了節省電費的支出，通常只會保留一排昏暗的燈。

年輕的工讀生永遠搞不懂為什麼這裡需要有人巡邏，他根本不認為會有人無聊到跑來偷屍體，不過他也因此能賺取高額生活費就是了。他加快腳步，急著將一貫的巡邏路線走完，好回到休息室裡複習明天要考試的科目。

經過長廊，轉過一個彎，走廊轉角某一段的燈光不斷閃爍。

他嘆口氣，看來明天不太幸運啊！年輕的工讀生總是用夜晚的打工情況，來推測明天的幸運指數。要是一整晚都平安無事的話，那麼明天就會是個幸運的日子。但要是有意外的狀況，譬如像現在電燈壞掉代表他又得跑回管理室拿長梯和燈泡，那麼通常二十四小時之內會接連發生一些倒楣的事情。他想到明天的期中考，不禁有些擔憂。

這是上一任和他交接的工讀生所告訴他的占卜法，原本他不相信，但幾個月下來，每次都出奇的準確，所以也由不得他不信了。

工讀生決定回去拿長梯和燈泡來替換，這意味著他必須再度經過一次方

第二章

繼承人

才的長廊。他嘆口氣，正準備要離去時，眼角餘光突然瞄到有一個擺放屍體的隔間門板，竟然沒有關好，微微開啟，露出一個小空隙。

照理來說，不論裡頭有沒有擺放屍體，都一律會上鎖，鑰匙則統一保管在醫護人員的管理室，所以不是這麼容易就被打開的，工讀生猜想可能是哪個護理人員忘記把門關好了。如果被追究責任的話，通常會受到嚴厲的懲處，所以幾乎沒有人會「忘記把門關好」。但世界上就是存在著各種粗心大意的人。

這樣除了換燈泡以外，還必須去找護理人員拿鑰匙才能把門關上了，事情變得越來越麻煩了，他還想要溫習考試內容呢！

工讀生注意到眼前這個被打開的隔間門上有一張白色的紙條，這讓他很困惑，因為通常有擺放屍體的隔間，門板會放上死者姓名的白色名條。沒有屍體的隔間則是會將紙條抽走。他從來沒有見過空白的紙條。

這樣到底是有沒有屍體呢？

他全身僵硬，努力想要說服自己那只是醫護人員的疏失，忘了關門跟忘記取走紙條而已。年輕工讀生翻閱著屍體的名冊想要對照。

FL1214、FL1214……

手指順著名冊逐一查看，忽然間，他的手指僵在那邊。

工讀生覺得前輩所教導自己的占卜術準確地令人害怕。他突然想起先前鬧得沸沸揚揚的美女檢察官慘死案，當初那位檢察官負責的，就是這一位孩童的屍體。

他終於明白為什麼紙條上會是空白的了，並不是工作人員的疏失，而是因為這是一具無名屍。

密閉的空間裡不知道從哪裡吹來了一陣陰風，將FL1214的鐵門吹開，裡頭空無一物，原本應該存在的屍體消失無蹤。

✝

撲通！

第二章 繼承人

撲通！

八塚翔太又抓起另外一顆石頭投入水池。

媽媽正在客廳內找爺爺吵架，因為媽媽不准他跑去自家的店裡玩，所以現在他只好自己一個人窩在後院，這裡是唯一聽不見他們吵架的地方。

他百般無聊的玩著丟石頭遊戲。

附近的小孩老是嫌自己很臭，不肯靠近自己。但是他聞了老半天也聞不出什麼，就算剛洗好澡，還是沒有人肯跟自己一起玩。

要是直人他們有回來就好了，有直人在的話，就算是丟石頭也會很有意思。他還可以秀給直人看自己最近發現的偷開庭院鐵門的方法，可惜和子阿姨他們只有在過年的時候才會來，而媽媽似乎不太喜歡和子阿姨。

只有他喜歡直人，還有和子阿姨。跟屁蟲彌生只是勉為其難的喜歡一下而已。

撲通！他又丟了一顆。

他也喜歡媽媽和爺爺，卻不喜歡他們吵架。

要跟我一起玩嗎？

他正在專注丟石頭之際，忽然聽到一個小孩的聲音，八塚翔太迅速的抬起頭來四處尋找。

老舊木製的倉庫旁伸出了一隻蒼白又瘦弱的小手，不停地在招喚他。

「一起來玩嘛……」

「好啊！」

他的年紀還沒有大到會懷疑為什麼有人可以跑進家裡頭，八塚翔太單純地因為有人肯跟自己玩而感到開心。他覺得對方肯定也是跟自己一樣害羞的小孩，所以才躲在那裡。他興奮地跑了過去，但是他在倉庫後面找了半天，卻沒有發現半個人影，原本向他招手的小孩不知道跑到哪裡去了。

「過來這邊玩。」

聲音改從翔太的後方傳來，蒼白的小手在側門外面揮動著，像是在慫恿他偷跑出去。翔太遲疑了一會，因為大人們耳提面命的提醒過他千萬不准走到外面，縱使他知道怎麼打開門，也沒有那個膽子敢獨自跑出去。想起媽媽生氣的模樣，讓他停下了腳步。

「不想跟我玩嗎？那我要走了唷。」

接著小孩的手就縮回門的後方，看不見了。看到對方離去，翔太焦急的大叫：「等等我，我想跟你一起玩。」

這時候哪裡還顧得了大人說過的話，他急忙打開庭院的側門衝了出去，卻還是沒有看到任何人。他東張西望，看到那隻小手在左邊巷口的轉角向自己招手。

「過來這邊玩。」

「喂！你叫什麼名字啊？你跑太快了，等我一下。」八塚翔太跑得氣喘吁吁，每跑過一個轉角，就會看到那隻小手在另一邊揮動著，不知不覺中，他已經逐漸離家越來越遠了。

他跑到了一個十字路口停了下來，卻找不到那隻手了。「不要害羞了，快點出來吧，我還不知道你的名字呢。」

「我的名字是……」

那是他從來沒聽過的怪異名字，明明聽見了聲音，卻還是看不到對方在哪裡。八塚翔太重複叫了一次對方的名字後，忽然感到心臟像是被人大力的捏緊，他痛苦的哀號著。

這時八塚翔太的腳突然不受自己控制的，往前跨了一步又一步。他就這樣走到了馬路正中央。正好一輛大貨車迎面呼嘯而來。

後來路人的尖叫聲，他就再也聽不到了。

✝

「你是不是最近考試壓力太大，要不要考慮休息一陣子？」

「我沒有看錯，停屍間裡的門真的開了，而且裡面的屍體還不見了。」

「有可能那格裡面本來就沒有屍體。」

「我有核對過編號，那個可是之前車禍的無名屍啊……」年輕工讀生緊張兮兮地躲在護理長後面，當初他嚇得跑回休息室，想要直接收東西走人時，在值夜班的護理長聽完整件事的來龍去脈，卻堅持要他一起去查看。他說不過護理長，只好護理長一起去。

中年的護理長在這間醫院資歷超過二十五年了，還不是活得好端端的，所以她壓根不相信什麼鬼怪的傳說。現在的年輕人就是這樣，一點點考驗都承受不了，什麼憂鬱症、幻覺之類的病人她見過太多了，她覺得根本就是這些孩子被父母保護過度，導致他們抗壓性不好。

一路上兩人一前一後，除了腳步聲外只有護理長的鑰匙碰撞聲，迴盪在走廊。

「你說打開的停屍格在哪裡？」

「快到了。」

年輕工讀生吞了口口水，帶著她轉過當初的轉角。上頭的燈光還是在不斷的閃爍著。

「剛怎麼沒有順便拿燈泡來換呢？」

「對……對不起。」工讀生心想自己就要離職了，誰還管你什麼鬼電燈泡。

「FL1214、FL1214……」護理長數著格子。「找到了！」

年輕工讀生把頭轉向另外一邊，根本不敢看向那一排停屍格。他閉起眼睛，沒想到等待許久，卻沒聽到預料中護理長的尖叫聲，他正感到奇怪時，頭上就被人敲了一記。

「門哪裡被打開了？」

「就在那裡啊！」

他驚訝地轉頭，發現一整面的停屍格全部都關得好好的，就連原先被打開的FL1214也是。照理來說停屍格只有用鑰匙才能打開，同樣的要關上也一定要用鑰匙才行。

「這……這不可能啊！我剛看明明是打開的，而且裡面還是空的！」工讀生情急地想要為自己辯駁。

「你可以打開確認。」護理長將鑰匙遞給他，工讀生想要證明自己的清白，顧不了害怕，急忙地打開FL1214的鐵門，將裡面的床拉出來一看，一具傷痕累累的小孩屍體，好端端地躺在上頭。

「怎麼會……」工讀生吃驚地說不出話來。

「或許你真的太累了。」護理長拍了拍他的肩膀。「我准許你今天就這樣直接回家休息一下。不然的話，就拿梯子來換一下這裡的燈泡吧！」

護理長說完，留下錯愕的工讀生獨自離去。

✝

終於安靜下來了。

伊藤和子開著車，行駛在夜晚的高速公路上，不時地用後照鏡偷瞄後座兩個熟睡的孩子。稍早前接到八塚本家的電話得知姪子翔太過世的消息，所以趕緊收拾行李想要趕回鄉下。

棺材店裡總是隨時充滿著「死」的氣味，她想要從死亡的縫隙間喘口氣，所以以前專門在葬禮會場上穿的黑色和服，早就在她當初離開老家時丟了。

諷刺的是，原本以為只要遠遠的逃離老家就可以從此解脫，沒想到才沒過幾年就需要重新買喪服，而且還是用在自己丈夫的葬禮上。

為了趕回去參加翔太的葬禮，她從箱子內找出那件只穿過一次的黑色新套裝。

反倒是兩個孩子聽到要回本家的消息，全都都開心得不得了。他們一路上在後座興奮的吵鬧，伊藤和子還不知道該怎麼向五歲的直人和四歲的彌生解釋再也看不到翔太這件事。不過孩子終究是孩子，沒一會兒就敵不過倦意沉沉的睡去。

車內又重新恢復安靜，和子卻希望他們能繼續製造一些噪音，好讓她分心，她才不會回想起關於八塚家詛咒的事情。

與孩子們的無憂無慮相比，此刻她的心情非常沉重。對向車道的燈光映在她深鎖的眉間，畫出一言難盡的陰影。除了過年的時候不得已，其餘時間她都選擇躲在大城市裡，盡可能不回老家。

但是從接到電話，得知翔太過世的那一刻起，她就已經沒有可以逃避的空間了。

父親體諒自己不想回去的心情，剛在電話裡拼命跟自己道歉。她嘆了一口氣，真正該接受道歉的人，是綾子啊！她那個親愛的雙胞胎姊姊，那位被八塚家牽制住，到頭來卻一無所有的女人。

從以前，綾子總是恨自己奪走父親所有的注意，佔盡了關愛。後來她又恨自己能選擇離開八塚家，而她卻只能選擇招贅繼承這間古老的棺材店，傳承數百年的八塚招牌壓得她喘不過氣。與入贅的丈夫離婚後，翔太成為她唯一的慰藉，但沒想到連她寶貝的兒子也意外出了車禍。如今，就算綾子更恨自己，和子也不會感到意外。

鏡子裡反射出兒子熟睡的臉頰，長得像自己的直人，有張秀氣的小臉，唯一不同的是他臉上明顯的淚痣，是兩顆並排在一起的，而自己只有一顆。

綾子心裡一定希望死去的是直人而不是翔太。這點和子完全無法怪罪她，因為在接獲通知時，她心裡也閃過一絲慶幸……

幸好死去的，不是我的孩子。

伊藤和子握著方向盤苦笑，雖然是雙胞胎，但是她們兩個人的感情卻從來沒有好過。綾子老是覺得自己少了那顆代表八塚家的淚痣，所以父親才不喜歡她，只疼愛和子。然而只有和子心裡明白，與其說父親偏心，不如說是對自己同病相憐而產生的情感轉移。畢竟他們都同樣背負著八塚家數百年來的詛咒，綾子恨自己當年逃離家中，她卻很羨慕綾子能毫無顧忌的留在那裡。

路燈以時速一百二十公里的速度閃過，還有將近六小時的車程，足夠讓她回想起很多事情。八塚家、父親、綾子、丈夫、還有當年她離開故鄉真正的原因。

當年她選擇離開故鄉，就是害怕自己總有一天，會恨綾子的一無所知。

✝

鄉下的夜晚總是來的特別早，街燈才剛亮起，街道上卻已經幾乎看不到

第二章 繼承人

路人在行走了。

伊藤和子將車停在老房子前，從後車箱拿出行李箱後，便叫醒直人。她抱起還在熟睡的女兒，以前的她力氣不大，不過當了母親之後，她甚至還能同時抱起直人跟彌生。

看著像極了丈夫臉龐的女兒，伊藤和子心中湧起了想保護孩子的本能，很想立刻回到車上，掉頭開回他們位在都市的住所，對她而言，那裡才是她的家，只有離這裡遠遠的她才能安心。

淒厲的尖叫聲劃破寧靜的黑夜，緊接著傳來摔碎碗盤的清脆聲響。彌生被聲音嚇醒，躲在母親懷裡大哭。和子邊哄著她，邊帶著兩個孩子從側門的通道直接進入庭院。隔著後院的玻璃拉門，只見綾子發瘋似的把盤子從壁櫥裡撥出來摔在地上。而年邁的八塚法一郎則是縮在客廳的小茶几旁，和已經死去的老伴在聊天，一個人自言自語不知道在說什麼。

「姊姊！綾子姊住手！快住手啊！」

和子喊得聲嘶力竭才讓八塚綾子注意到她，綾子聽到她的聲音先是愣了一下，表情徬徨無助，握在手中的盤子不知道該放下或是繼續摔碎。綾子緩緩地把頭轉過來，看到自己的親生妹妹後，臉部的肌肉瞬間糾結在一起，她憤怒地把盤子摔在牆上衝了過來。

「妳還有臉回這個家！」

和子把懷裡的彌生放下，將她託付給直人，努力擠出微笑。「幫媽媽照顧一下妹妹，好嗎？」

伊藤直人看著母親，又看向與自己母親長得一模一樣，卻頭髮凌亂的綾子阿姨。他謹慎的點點頭，逗著還在哭泣的彌生，往一旁走去。

啪！

伊藤和子起身迎面就看到一個巴掌甩過來，火辣辣的打在她的臉上，她的臉頰立刻紅腫刺痛。不過她卻沒有生氣，反過來抱住打了她的綾子。

「沒關係的，綾子，沒關係的，還有我在。」

伊藤和子的話讓綾子原本全身緊繃的身體逐漸放鬆，與她相同的臉由憤怒轉為哀慟，扭曲成一團，像是無助的孩子那樣抱住和子大哭。

和子輕撫她瘦弱的背，流下了眼淚。「想哭就儘管哭吧，我明白的。」

沒想到她的話卻激怒了綾子，綾子憤怒地將她推開。

「妳不明白！只要直人還活著、只要妳不是我，妳就永遠不會明白我的感受！」

「綾子……」

「當初是妳自己要離開家的，憑什麼現在還能這樣厚顏無恥的回來？」

並不是我想回來的，和子在心中苦笑。

「現在翔太死掉了，你高興了吧！你高興了吧！」綾子指著八塚法一郎與和子哭著控訴。「你們一個個都想害死我的翔太，我早就說過接那種來路不明的屍體會惹災難上門，爸偏不聽！偏不聽啊……現在翔太死了，妳的兒子就可以如願以償的繼承八塚家，這樣你們滿意了吧！滿意了吧？」

她抓著和子的衣領泣不成聲。

「我從來沒有想過要繼承八塚家。」和子低著頭，不知道該怎麼安慰綾子。

啪！和子的另一個臉頰也腫起來了。

「妳從以前就是這樣，好像什麼都不想要，無欲無求的樣子，然後卻享盡了一切的好處，妳說要離開就能離開，憑什麼我得一輩子背負著這該死的棺材店！」

和子注意到父親停止自言自語，聽到這段話的他臉色變得蒼白。「對不起……綾子。」父親小聲地說。

「綾子，我們到別的地方談。」

憤怒中的綾子什麼也聽不進去，甩掉和子伸過來的手，口不擇言。「為什麼偏偏是我的翔太！反正妳有兩個孩子，死掉一個也還有剩……」

碰！向來溫和的八塚法一郎用力拍桌子，綾子被嚇到，不敢再繼續說下去。他走了過來，也給了綾子一巴掌。原本瘦小有老人痴呆傾向的八塚法一郎，突然間又充滿了威嚴，彷彿像是當年一手撐起整個家的一家之主。

八塚綾子愣愣的摸著被打疼的臉，父親從來沒有這樣打過她。

八塚法一郎嘆了口氣，抱著身高已經高過他的綾子。自從長大後，父親就鮮少擁抱自己，這讓綾子不知所措，父親可靠的胸膛讓綾子又再度流下眼淚。

「綾子，翔太也是我的孫子，我對他的愛絕對不會比妳少，所以我能體會妳很傷心，但是有些話不論在任何情況下，不能說就是不能說。一旦說出口，很多事情就會崩壞，永遠也沒辦法修復。這不單單只是人與人之間的關係，我擔心的是妳內心的某一部分，也會因此而死去。」

原本在父親懷裡哭泣的綾子，聽到最後一句話時用力的掙脫。她用力推開法一郎，和子趕緊扶住差點跌倒的父親。

「我的心早就跟翔太一起死去了！」

八塚綾子踏著怒火與淚水交雜的步伐奔向屋外。逃離在這個世界上與她最親，卻也是她此刻最痛恨的兩個人。

「妳別哭了，我們去找翔太玩，嗯？」

「直人，哥哥在哪裡？」彌生聽到翔太的名字後瞬間忘記原本還在哭的事情，再怎麼說，她也才只有四歲。

「在這裡喲！」伊藤直人牽著妹妹的手，一邊安慰著。通過木頭地板的走廊，他拉開隔壁和室的門。要是有人問五歲的直人是怎麼知道的，他也答不出來，因為是直覺告訴他翔太在裡面的。

事實上，直人從來沒有進來過這個房間，一樓除了客廳和廁所以外，都被歸在小孩子禁止進入的空間。這個房間裡頭唯一的家具就是深色的木頭櫃子，樣式跟擺放奶奶照片的櫃子很像，只是上面放的是翔太的照片，四周還充滿了線香的味道。翔太整齊地躺在白色的棉被裡，一動也不動，似乎睡得很熟。

彌生始終沒有鬆開直人的手，拉著他一起開心的跑向表哥。

「哥哥不要睡了，快點醒醒。」稚嫩的嗓音呼喚著。

伊藤和子曾經注意過小孩子總是有自己獨特的稱呼方式，像是彌生她都直接稱呼自己親生哥哥為「直人」，卻稱呼表哥翔太為「哥哥」。

「妳別吵他睡覺。」

她轉頭看直人，滿臉困惑。「直人，為什麼哥哥的臉上要蓋著白色的布？」

「可能這樣比較好睡吧？」直人隨便說了一個自己也不相信的理由搪塞妹妹，雖然他也不知道真正的原因，但是他隱約覺得是很嚴重的事情。所以出門前他們說要找翔太玩時，媽媽的臉色才會那麼為難。

伊藤直人心想，這房間裡味道，跟新年去廟裡參拜的味道很像，他並不討厭這個味道。反倒是彌生東張西望，坐立難安，原本就很期待能跟翔太玩的她，很想將哥哥叫醒。

彌生不安分地拉起翔太臉上的布。

「真好，你們眼睛這邊都有黑點，媽媽跟爺爺也都有，就只有彌生沒有。」她指著翔太那張蒼白的臉，他的眼角有一顆與直人一樣的痣。「不過直人你的黑點比較多。」

「妳想要的話我等一下拿黑筆幫妳畫，不要吵翔太睡覺，快把布蓋回去。」

「說好了唷。」彌生不情願地把白布蓋回翔太的臉上，轉頭注意到別的東西，她小聲地問：「直人，那個木牌子上面寫什麼？」

木頭櫃裡頭，立起來的黑色牌子上刻著一排的字，其實直人只大概認得最後兩個字而已。

「應該是翔太的全名吧？八塚翔太。」

伊藤直人回答妹妹的問題後，突然心臟像是被人用力捏了一下，眼前一片的黑暗。

在倒下之前，他隱約聽到像是母親的聲音，在尖叫要自己滾出這個房間。不過他知道自己的母親從來沒有那樣歇斯底里地大吼過，那一定是綾子阿姨。

他明明知道那是綾子阿姨，卻差點脫口叫出媽媽。

第二章

繼承人

「對不起，和子。」八塚法一郎挫敗地將臉埋在雙手裡，疲憊的身軀窩回客廳的茶几旁，瞬間彷彿蒼老了十歲。

「不用跟我道歉，爸爸，現在難過的人是綾子。」

「我是說直人的事情。」

伊藤和子停下了撿拾地上陶瓷碎片的動作，然後才又繼續。「我是不會讓直人背負八塚家的詛咒的。」

「和子你也知道，我們八塚家裡的人，只要眼角下有痣，就代表有遺傳到這種特殊體質。就算跳過了妳這一代，翔太跟直人之間也一定要有人繼承才行。如今翔太……翔太過世了後，就只剩直人可以繼承我們體內代代相傳的詛咒了。」八塚法一郎像是在對和子說，又像是在自言自語般。

但這次和子並沒有回覆，她收起平常一貫的微笑，臉色蒼白地繼續收拾。

兩個人陷入各自的沉默中，瓷器碰撞的聲音填補了他們之間的空白。

「和子，請妳要原諒我……」

「爸，能不能……」雖然她早就知道躲不過，但還是語氣近乎卑微的乞求，希望能從這殘酷的命運中得到一絲憐憫，這是身為母親的她現在唯一能做的。

「請妳相信我，要是有一絲可能的話我並不想勉強直人。和子，正如我從來沒有勉強過妳一樣。但是我別無選擇，因為我體內的『這個東西』是絕對不能把他放出世間的。」

伊藤和子咬著下嘴唇，輕輕撫摸著眼角旁的淚痣。她的確比任何人都明白他們身上所背負的詛咒有多沉重，所以掙扎了許久，她還是帶他們回來了。手中的抹布，不自覺的被扭得很緊。

「媽咪！」彌生跌跌撞撞地跑了過來，打斷了兩人的談話，撲倒在和子懷裡。

「怎麼了小彌？」伊藤和子一把抱住女兒，神情緊張地留意她有沒有受傷。

「哥哥剛剛昏倒了。」

「直人嗎？在哪裡昏倒的？」和子才正要起身，就聽到隔壁的和室傳出綾子生氣的斥責聲，和子大概能猜想到綾子為何這麼生氣了。

「誰准你們進來這裡的！誰都不許打擾我的翔太！」

和子跑過來抱住直人，向綾子道歉。「綾子，對不起，他們只是想來找翔太玩而已……」

「我的翔太已經死掉了！如果他們想跟翔太玩的話，那就先去死吧！」

「綾子……」綾子不理會她，生氣的關上拉門，不讓任何人進去。

伊藤和子牽著兩個孩子回到客廳，彌生忍不住想要報告剛才的事情。

「哥哥剛剛，碰，就昏過去了。」

「我才沒有！」直人臉漲紅，打死不承認。

「明明就有，你剛剛整個倒在地上。」彌生在母親懷裡嚷嚷，想證明自己沒有說謊。

「直人，過來爺爺這裡。」八塚法一郎向他招手，

「我才沒有昏倒呢！」他又強調了一次。

「我知道、我知道。」老爺爺和藹的微笑，將直人抱在自己腿上。或許綾子其實沒有錯怪他，八塚法一郎的確是比較偏愛這個很少見到的孫子。

「頭會暈嗎？」

「一點點。」他低下頭，補充說明。「但是我才沒有暈倒，只有女生才會。」

爺爺身上的味道與剛才和室裡的味道一樣，每次聞到都令他覺得很安心。

直人以前最喜歡這樣被八塚法一郎抱著，但不知道為什麼現在心中卻充滿一種負面的情緒。明明自己安穩的在爺爺的懷中，感覺卻像是爺爺抱了別人家的小孩，讓直人一直有一種被爺爺遺棄和受背叛的錯覺。那種苦澀是他還無法描述的情緒。

直人竟然因為自己受到爺爺疼愛而忌妒自己？他完全搞不懂這是怎麼一

回事。大人們沒有注意到孩子內心的矛盾，和子誤以為他的表情是不舒服。

「要不要去躺著休息？」

直人搖搖頭，和子不放心想要追問，卻被自己的父親打斷。「直人說沒事就是真的沒事，別那麼緊張。妳先帶小彌去洗澡，我們祖孫倆好久沒有好好聊天了。」

伊藤和子遲疑了，她知道父親是要與直人談論八塚家的事情。

「讓我們談談吧！和子。」

她嘆了一口氣。「那就麻煩爸爸了，小彌走吧，我們去洗澡。」

「咦！可是小彌想要跟直人玩。」

「哥哥先陪爺爺聊天，洗完澡再一起玩，嗯？」道過晚安後，和子帶著彌生離去。

八塚法一郎輕輕地將下巴靠在孫子的頭上。「直人，你喜歡這裡嗎？」

「喜歡。」他點頭。

「為什麼喜歡呢？」

「因為我喜歡這裡的味道，而且這裡有爺爺在。」

「那如果哪天爺爺不在了，你還會喜歡這裡嗎？」

直人抬頭直視他意有所指的雙眼。「喜歡，就算爺爺不在，這裡的味道也不會改變。」

「就算你要從伊藤直人，變成八塚直人。也還是喜歡？」

「還是喜歡。」

八塚法一郎把直人從腿上抱下來，收回笑容，端正姿勢。直人感受到嚴肅的氛圍，學爺爺端坐，直覺地知道接下來要談的是很嚴肅的話題。

「你知道爺爺這裡是做什麼的嗎？」

「知道，媽媽說這裡是死去的人暫時的家。」可能是父親早逝的緣故，有時候這孩子講話的語氣都早熟的令法一郎覺得驚訝。

「沒錯，我們幫過世的人打造身體的居所，好讓他們長眠。那靈魂呢？靈魂的居所在哪裡？」

「靈魂的居所？」

「是的，你就把他們想成是房客，我們八塚家啊，有時候身體裡面必須要讓別人居住。像是爺爺的身體裡面就住著奶奶還有其他人的靈魂唷。」八塚法一郎停頓了一下，接著說：「其中一個房客，以前也住過爺爺的爸爸的身體，後來才搬家到爺爺體內的，他已經在八塚家住了好幾百年了，等直人長大以後，就要請你讓他住到你的身體裡面了。」

「會很痛嗎？」

看到直人困惑的表情，法一郎寵溺地搓揉他短而墨黑的頭髮。有時候他是八塚家的當家，有時候他只是個為孫子著想的爺爺罷了。「完全不會，不過你必須要有強健的精神力，才不會讓房客霸佔你的身體。現在聽不懂也沒關係，有些事情你以後就自然會理解了，等你長大後爺爺再跟你說明。」

直人溫順的點頭，他滿意的微笑。

「你只要記得一件事情，千萬不要隨便喊出別人的全名。」他拍著直人的雙肩，停頓一下，原本看著對方的雙眼逐漸失焦。「尤其是過世的人，絕對，絕對不可以。」

入棺

3章
三重葬
人人人
棺棺棺

入棺

剛過凌晨一點，大川勇吾輪完夜班才剛下班回家，事實上他剛才在店裡與顧客起爭執，又揍了老闆一頓，因而失業了。他穿著便宜的夾腳拖鞋，提著便利商店的塑膠袋回家，裡頭裝著剛過期的微波便當，這是他今天的晚餐。他回到老舊長型公寓的二樓時，卻看到有個身穿這區貴族學校制服的少女，光著腳蹲在門口等自己回來。

他認識這位少女，但不熟。比起光著的雙腳，大川更在意的是她裙子底下黑色的蕾絲內褲。他不時的用眼睛偷看。

「佐倉？」

「不要叫我那個姓氏。」她不開心的揮手。

「發生什麼事情了？」

「我懷孕了。」

「總之……」他吐出原本叼在嘴裡的牙籤，伸手從口袋裡掏出鑰匙。「先進來再說吧。」

打開房門就幾乎能將整個房間盡收眼底。十坪左右的房間，左手邊有一個小冰箱，以及簡單的廚房。

大川勇吾把便當放到小桌子上，也不詢問少女是否已吃過飯，盤腿坐下後就自顧自的吃了起來。少女走到他的對面抱膝而坐。兩人互看，誰都沒有想要先開口的意思。

好不容易他吃到一個段落，從冰箱拿出一罐啤酒。「是我想的那個傢伙的孩子嗎？」

少女沉默並不否認。

「真的是比我還不如的人渣。」大川勇吾大笑，他一手拿著啤酒，另一手捏住少女的下巴，逼她抬頭，不許她轉移視線。「所以，幫助妳我有什麼好處？」

「你想要什麼好處？」

「錢啊！當然是錢，這世界上還有什麼比錢更重要的嗎？」他把啤酒放下，另一隻手探進少女的裙襬裡。「我可不接受用身體抵押這種事情。」

「那你就不必擔心了。」少女冷笑，揮開他的手。「這可是『佐倉』家的孩子。」

✝

古市伸行終於將車子停入停車格中，他已經耗在這邊將近十五分鐘了。並不是他的技術不好，起因是由於最前頭的車停得過分歪斜，導致後面的車輛只好順勢往後停，害剩下的位子比原先少了五分之一的空間。最前頭的車主，要不是心情很糟，就是脾氣很壞，或是兩者兼具，才會將車子停成那樣。

他手上抱著一束花，和一打啤酒，邊咕噥邊鎖好車門。令他不解的是，都已經特地選平日前來了，為什麼還會只剩這種鳥車位。難道最近死很多人嗎？乾脆報警叫交通科的人來取締好了，古市不停地在心裡碎碎唸。

鳥車位，鳥地方，鳥日子。

抬頭看著天上厚重的烏雲，他心想：「還有這是什麼鳥天氣。滿肚子鬱

第三章 二重葬

悶還有牢騷，卻無處可發洩，只好從生活中瑣碎的事情開始找碴。」

往前走時他看到最前頭的車是一輛白色的國產車，車門上有著古市絕對不會認錯，明顯被撞凹的痕跡。

看來那個傢伙也來了。

古市眼裡浮起了擔憂，加快了腳步向前邁去。

✝

對一個人的思念能維持多久？

十年？二十年？還是三十年？

歷史悠久的墓園，除了人們常走的道路外，兩旁的石頭上都長滿了青苔。在這裡新的墓碑只有兩種下場，一種是經人細心呵護，定期來打掃維護；另一種是年久失修，被世人所遺忘，永遠地遺棄在這。

不過不管是哪一種，只要時間一久，最後都只會變成一塊塊沒有意義的大石頭。

一位滿臉鬍渣落魄的男子，已蹲在一座新刻的大理石前許久。像是在賠罪，又像是在懺悔，也好像只是失了魂的站在那裡。

比起難過，他有更多的後悔跟懊惱。要是當初有去接她下班就好了，要是他早點向她求婚就好了。這些念頭盤踞在他的胸口，令他幾乎無法呼吸。

而對一個人的思念能維持多久？

他答不出來，但要是能這麼容易遺忘就好了。

「前田警官。」背後傳來呼喚的聲音，對方看他沒有回應，不死心又叫了一次：「前田警官，你沒事吧？」

「我沒事。」他站了起來，伸展了一下因為蹲太久而血液循環不好的雙腿。

「天啊！前田警官，我原本以為你已經夠像流浪漢了，沒想到竟然還能變得更像。」

「男人就是要有鬍子才有魅力，你這個連毛都還沒長齊的傢伙，哪可能能體會。」他摸了摸自己的鬍子，好像真的有點誇張。

「救命啊！你那句台詞好像老頭子會講的話。」

古市維持一貫開玩笑的語調，反而讓前田感到很自在。他看見古市手中的花束忍不住詢問：「你難道忘了嗎？她最痛恨玫瑰花了。先前有隔壁科剛調職來的同事送玫瑰花想要追她，沒想到她竟然當著人家的面把花插進福馬林裡，說那樣可以保存比較久。」

「我當然沒忘記那件事情。」古市露出狡詐的笑容。「就是知道她討厭，所以我才送她玫瑰花啊。」

兩人對看了一眼，隨即相視而笑。前田和介笑得最為誇張，宏亮的笑聲撼動了這座百年的墓園。他的眼淚隨著顫抖的身軀流了下來。在他平息情緒之前，古市體貼地不發一語，沉默地陪伴在側。

前田抹去眼淚，從懷中掏出菸盒。「真的是拿你這小子沒有辦法。」

「我才是拿你們兩位令人頭疼的前輩一點辦法也沒有。」古市將花插在旁邊的花瓶裡，還供上了帶來的啤酒，從木桶裡舀了瓢水淋在石製的碑上，水順著石頭的紋路，像是哭泣似的往下流，石碑上清楚寫著——武內千代。

他恭敬的拜了幾下。

古市看前田又要拿出香菸。「你還不是想惹她生氣，武內小姐最討厭你抽菸了。」

「那你就錯了。」前田和介點了根香菸插在墓前，隨後也為自己點了一根。「當初我剛進局裡時，可是武內她教我抽菸的。」

「欸！不會吧？」

「她喜歡在別人面前裝模作樣，但在我面前卻喜歡擺出一副老大的模樣。」他撫摸著石碑，彷彿在哀悼那副永遠無法碰觸的身軀。古市從來沒有看過前田露出這麼溫柔的微笑。

那種快要哭出來的微笑，是他看過最難看的笑容了。

反正死者再也喝不到了，不如給活著的人享用。古市從供品中拿走了兩罐啤酒，他將其中一罐遞給了前田，因為他看起來很需要喝幾口的樣子。前田這種生物啊！如果讓他喝水的話，可是會枯萎的，非得要啤酒不可，這點

第三章

二重葬

古市非常清楚。

前田接過啤酒，開口詢問：「我不在的這幾天，有發生什麼事情嗎？」

「啊，因為你把手機關機了，所以應該不知道那件事情。」古市握住鋁罐，上頭的水珠隨即滑落。「八塚家的孩子在你休假這幾天也出事了。」

「八塚家？」前田徑自拉開易開罐，一口氣喝光，皺起眉頭。似乎只要扯到那具來歷不明的屍體，就會發生事情似的。「怎麼出事的？」

「那個孩子也是自己衝出馬路，被車撞死了。」古市看著鋁罐上的字。「你不覺得很像先前那宗案子嗎？」

「目前還不確定這幾起案子是否有關連，到底跟殺害武內千代的凶手是否是同一個人。但是……」前田握住的鋁罐因為承受不了他的憤怒而扭曲變形。「賭上我警察的生涯，誓死查明真相！」

古市抬起頭，望著天空飄起的細雨。手中的那罐啤酒終究來不及打開。

「走吧！」前田和介將菸捻熄丟進罐子裡，並順手拿起了旁邊的木桶。「首先必須要向八塚家賠罪才行。」

入棺

墓碑前的香菸，在雨落下前燃燒殆盡，化作灰燼。

而石頭上的香菸燒出的黑色印記，是一輩子也無法抹去的。

✝

「惠理，讓直人繼承八塚家，真的好嗎？我是不是不該這麼做呢？」

「這也是沒有辦法的事情，你體內的那個必須要有人繼承才行，這並不是你的錯。」

「這麼一來，那孩子就得一輩子都被束縛在這裡了。還有我那可憐的翔太……」

「親愛的，這從來都並不是你的錯。」

「不，惠理，我昨晚望著直人那孩子的臉，忽然覺得八塚家背負的詛咒已經夠久了，就讓它在我這一代停止吧！我決定讓我體內的祕密，陪我這個老頭子一起進入棺材裡吧。」

第三章

三重葬

八塚法一郎突然臉色慘白，痛苦的倒在地上喘氣。詭譎的是，房間裡自始自終都只有他一個人而已，剛才的對話都是他自己一人分飾兩角，用過世妻子的語氣還有腔調在與自己對話。其實他連其他人的腔調都模仿得唯妙唯肖。

稍作喘息，這種程度的疼痛他早就習慣了。汗水從眉梢滑到下巴，滴落至榻榻米，形成深褐色的印記。

沒有受詛咒的綾子在毫不知情的情況下繼承了八塚家；受詛咒的和子則是選擇逃離了這裡。

「你想阻止我也沒用的，我會交代和子在我死後把我的屍體燒得乾乾淨淨的，看你還能附到誰的身上！」八塚法一郎對著自己大吼。

這時走廊傳來老舊木頭地板受重力凹陷的聲音，由遠而近朝自己的房間靠近。

八塚法一郎聽到腳步聲，不會是綾子，她還在生自己的氣，八塚法一郎甚至不確定綾子這輩子還會不會跟自己講話。而和子則是在哄兩個孩子上床睡覺，這時間誰會來找他呢？

「爺爺。」男孩稚嫩的嗓音從拉門的另一邊傳來。

出乎八塚法一郎的預料之外，沒想到竟然是直人偷溜了過來。「這麼晚還沒睡嗎？小心被媽媽抓去打屁股。」

「我最討厭媽媽打我了。」他回答。「希望媽媽趕快去死。」

法一郎吃驚地瞪大眼睛，趕緊拉開紙門。「你在說什麼……」

「爺爺。」男孩換上笑容向他討抱。

八塚法一郎看著眼前的男孩，全身滲出冷汗，往後跌坐，手撐著身體拼命往後爬，非常狼狽。「你到底是誰？」

「我是爺爺的孫子啊！」小男孩一步步向他逼近，指著眼角下的痣。「你看，跟爺爺一模一樣。」

「你不是我孫子，你的體內到底是什麼！」從小就睡在棺材裡長大的八塚法一郎是不可能會認錯這孩子身上的味道的，這是只有屍體才有的味道。

老先生驚恐地隨手抓起了身旁的物品，向對方砸了過去。他遲鈍的身軀來不及閃避，被枕頭迎面打個正著。

糟糕，激怒對方了。男孩的臉憤怒的扭曲，像是累積了許多痛苦想要一次爆發出來。八塚法一郎趕緊向外躲，他跑到樓梯間，沒想到在這種時候心臟又劇烈的收縮起來，不若以往般，這次的疼痛強烈地衝擊著每一個神經細胞。他揪著胸口痛苦地倒在地上，身體抽動著。

這種痛的感覺，逼近死亡，看來那傢伙……是因為看到了繼承的人，所以想換到更好的「容器」嗎？

八塚法一郎在闔上眼前，模糊的視線隱約看到一雙瘦小的腳朝自己走近。他痛苦的閉上眼睛，跌落樓梯。

房子內發出巨大的碰撞聲後，一切又歸於平靜。

✞

稀疏的雲層散布在空中，連下了好幾天的雨也終於停了。

雨也好，兇殺案也好，八塚法一郎與武內千代的性命也好，所有的事情都暫時告一個段落了。世間的景色像是暫停般，在沒有人能察覺時緩慢變化，唯有人類不斷地死去。

前田和介像是嘆氣般徐徐地吐出一口煙，將菸蒂丟在地上後用腳踩熄。

「是時候了，走吧！」

「今天天氣滿不錯的，是適合的日子……」古市伸行話只說了一半。

「是啊！滿適合的。」

是個適合參加葬禮的好天氣，兩個人把最後這句話吞進肚子裡，踏進了掛滿黑色布幔的會場。

✝

石頭鋪成的道路兩旁，掛滿印有八塚家家徽的黑色旗幟，按照一定的間隔整齊地排列著，隨風擺動。倉促之下所舉行的葬禮，既沒有排場，也不鋪

第三章

三重葬

張，甚至連前往參加的人都寥寥可數。這蕭瑟的場景，簡直如同八塚法一郎一生的縮影，連人生的最後一程都如此低調。

鎮裡的人們因為某個共同的原因，始終畏懼著八塚家。

今天是個舉行葬禮的好日子，安置死者的場所正分別進行著三人的葬禮。八塚家的家主——八塚法一郎，以及他的孫子八塚翔太，和來路不明的不祥孩子。為了阻止悲劇的蔓延，八塚家決定儘早結束這一切，於是將三個人的葬禮一起處理。

伊藤和子換上傳統的黑色和服，和服的背後用精緻絲線繡上了家徽，她挽起頭髮，不斷鞠躬示意，忙著招呼參加喪禮的人。照理來講，和子已經算是外嫁的女兒，不該以本家人自居來招待賓客，而是該以「客人」的身分出席。但是八塚家的長女，八塚綾子，自從父親死後她就守在翔太的棺木前不肯離開。而且下一代繼承人——直人卻才只有五歲，所以只好由和子一肩扛起三場喪禮，她已經連續好幾天都沒有睡好了。

「一樣的家徽。」古市伸行最先認出了和子身上的圖案，與黑色旗幟上的圖案如出一轍。圓形中有長形的方框，中間偏上的部分還有一個正方形的小方框。

「前田警官，你覺得那長方形的圖案像不像那個？」

「什麼圖案？」

「我是說八塚家的家徽，你不覺得看起來很像長方形的棺材嗎？」

「別亂說話。」雖然仔細看還真有點像，但前田和介不置可否。

「古市警官。」一位身穿黑色舊式洋裝的中年婦人半路攔住了他們，旁邊跟著一個沉默的胖婦人。

「上野太太，上次謝謝您協助警方辦案。」古市收起了平時不正經的模樣，露出了親切的笑容向她們鞠躬致謝。

「這種職業式的笑容簡直像極了討好女人歡心的牛郎嘛。」前田在心裡嘀咕著。

幸好古市聽不到他內心的想法，轉頭向前田介紹道：「前田警官，這位上野太太是上次孩子車禍案件的現場目擊證人，在提供證詞上幫了很大的

第三章 二重葬

忙。」

前田知道上野太太所提供的證詞內容，監視攝影機都錄得一清二楚，所以實際上她根本沒有幫上什麼忙，不過前田還是向對方頷首致意。

「古市警官！翔太一定是被那孩子所詛咒的！才會接二連三死了那麼多人……」明明天氣不會冷，上野太太卻還是將身上的披巾拉緊，瘦弱的身軀不停顫抖著。

「別胡說！」身旁原本沉默的胖婦人斥責道。

「我才沒有胡說，負責驗屍的檢察官和幫忙協助安葬的八塚家祖孫兩人，都正好在這幾個禮拜內相繼死亡，妳說這世界上哪有這麼巧的事情，這絕對是詛咒！」上野太太沒有發現前田的臉色沉了下來，繼續說了下去，指節因為過於用力抓著披巾而泛白。「下一個說不定就輪到我了，因為當時那孩子出事的時候，我正好就在旁邊啊。」

「那是巧合！跟無名屍的詛咒一點關係也沒有！你不是不知道八塚家的祕密，他們家哪個不是神經病。」

「什麼祕密？」

「古市警官。」前田知道胖婦人接下來想說什麼，於是想要阻止古市繼續詢問。

胖婦人無視前田警官，小聲地向古市解釋。「八塚家的人不知道為什麼，似乎能跟死者溝通，死者生前不管做過什麼事情，全部都會被八塚家的人挖出來。你不覺得這真的是很可怕的事情嗎？這樣代表每一家人的祕密都掌握在他們的手中，這可不是我亂說啊！這個鎮裡的所有人都知道，所以大家才會這麼怕他們。」

「所以妳認為這次八塚家老爺子過世跟無名屍沒有關係？」

「當然沒有關係，八塚家的人一定是知道了太多死者的祕密，所以他們家族的人都有精神病，那孫子是自己跑出去給車撞死的，還有那老頭突然死掉一點也不奇怪。我以前就常看到那老頭在自家庭院中自言自語，還有後來嫁到城市的那個二女兒聽說還剋死了自己的丈夫……」胖婦人越說越小聲，因為她發現八塚家的二女兒伊藤和子，現在正望向這裡，而且兩人還對上了視線。

和子頷首一笑，向這裡走了過來，原本爭論不休的上野太太與胖婦人都閉上了嘴巴，眼神露出了些許不自在。

「河內太太，還有諸位，謝謝你們特意撥時間來為家父上香。」她向眾人鞠躬致謝。

「這沒什麼，重點是妳千萬要節哀，畢竟妳還有兩個孩子要照顧。」被稱作河內太太的胖婦人看到和子，趕緊改口，還從衣襟裡掏出了手帕，流著淚安慰和子。「有任何問題儘管找我，妳就像是我女兒一樣啊。」

和子再三道謝後，河內太太挽著上野太太的手臂藉故先行離開。

「前田警官，恕我招待不周。」她轉身面對前田又鞠了一次躬，然後看向古市。「古市警官，好久不見了。」

「伊藤太太，妳認識那位大嬸喔？」古市伸行毫不客氣地指著河內太太離去的肥胖背影。

「叫我和子就可以了。河內太太就住在我家隔壁，小時候常受他們家照顧。」所有人都知道這是謊言，八塚家除了幫人處理喪事以外，向來鮮少與別人打交道。

和子用袖口遮掩微笑。前田忽然覺得，從以前就很常見到這個女人的笑容。

前田與古市在幾天前就曾專程拜訪八塚家，事實上在更早之前和子還是中學生，還未嫁人改姓伊藤之前，前田就見過她。那時候常因刑事案件委託八塚家。

當時的她總是掛著這種微笑，靜靜地跟在八塚法一郎身旁，看似溫馴，實際上卻是放棄自我想法任人擺佈的模樣，宛若一個被人操控的娃娃。後來不知道她為何會轉變想法，離開這裡去城市生活。雖然她現在讓人覺得比較有「活著」的感覺，但是她此刻刻意佯裝出來的笑容，竟然讓前田和介想到了過去的八塚和子。

今天的和子還是掛著一貫的笑容，前田不知道她的心裡是怎麼想的。自從接了警方的委託為無名小孩屍體辦理喪事後，八塚家就接二連三的死了兩

第三章

二重葬

個人。如果和子生氣怪罪他們的話，他心裡可能還會覺得比較好過一點，但她卻還是對他們微笑，令前田充滿罪惡感。

三個人正在談話之際，突然聽到葬儀廳傳出小孩尖叫的哭聲。

「彌生！」伊藤和子聽出女兒的聲音，臉色瞬間變得慘白，這陣子接二連三發生不幸的事情，任何風吹草動都令她很緊張，她顧不得禮貌直接趕去。

竟然有一瞬間，前田覺得她就算驚慌失措也比掛著面具的表情好。

「古市！」

「是！」兩人緊追在後，希望別又有人喪命了。

✝

時間回到稍早前，和子正忙著招呼參加喪禮的人，直人帶著彌生偷溜進無人的會場後方，想要找疼愛他們的八塚法一郎。

「直人、直人、直人。」沒有得到預期的回應，彌生就像手機設定的鬧鐘般，逐漸提高音量。「直人！」

「噓！妳小聲一點啦！」

「你在做什麼？」

八塚直人從外面搬來一張跟自己身高差不多的高腳板凳，用盡辦法爬了上去。但是彌生就沒辦法了，被留在地面上的她不滿地嘟起了嘴巴。

「爺爺睡著了。」他脫下鞋子整齊的擺放在一旁，踩著板凳，才終於能看到躺在棺木裡的八塚法一郎。爺爺現在的表情跟之前一樣慈祥。長方形的箱子裡放滿了不同的花束，幾乎將他給掩埋。直人感到困惑，因為印象中爺爺並不是一個喜愛花朵的人。

看著那充滿皺紋的褐色眼皮，他忽然覺得爺爺跟翔太一樣，都再也不會醒過來了，他們兩個人像是約好似地一起拋下了他。

「那叫爺爺起床？」

「媽媽說爺爺再也不會醒來了。」

第三章

三重葬

「我也要看爺爺。」直人篤定地回答，超過她所能理解的範圍，令她不安了起來。「我也要看爺爺。」

「妳爬不上來啦！」

「你在做什麼？」她驚呼，因為直人正費力地想要爬進棺木裡，從椅子到木箱的距離還差了一大截。尤其是他現在所站立的高度，從小孩子眼裡看起來可是很驚人的。

「我進去陪一下爺爺，不然爺爺他一定很寂寞……」直人一隻腳已經跨過去，話還沒說完，碰一聲！椅子被踢倒，他兩隻手臂懸掛在棺木旁，雙腳懸空。

幸虧小孩子的體重不至於讓沉重的棺材翻覆。

「直人！」彌生被直人嚇到，嗓音變軟還帶點鼻音，直人聽出這是她要哭之前的徵兆，但是他現在無暇安慰她。他抬起右腳搆到棺材的邊緣，好不容易爬了進去。

「我沒事了啦！妳不要大驚小怪。」直人朝彌生揮了揮手，就縮進棺材裡面了。棺材僅存的縫隙正好讓他縮了進去，就這樣直接把兩旁裝飾的百合花都壓扁了。

直人躺在爺爺身旁時，心想爺爺的臉比之前還要蒼白，還有那向來布滿皺紋的雙手摸起來也失去了該有的溫度，既僵硬又冰冷。不管他握得多大力，爺爺也永遠不會有所回應了。他忽然覺得，眼前這個看起來像「爺爺」的東西，已失去他原本該有的樣子了，應該說本質上已經永遠改變了，現在躺在這裡的「爺爺」，再也不會摸著自己的頭，也不會稱讚自己了。

想到這裡，他不禁悲從中來，難過得痛哭起來，直到這時候，他才終於了解媽媽所謂的和爺爺告別是怎麼一回事。

在他感傷之際，突然耳朵裡傳來一聲巨響，整個空間劇烈的晃動，在他還來不及搞清楚怎麼回事前，他就已經陷入一片黑暗當中，棺材的門不知道被誰關了起來。直人放聲大叫，哭聲迴盪在整個木箱當中。直人使勁地用手想要推開厚重的棺蓋，但現在他是仰躺的姿勢，根本無法施力。就算他使盡全力，這也不是一個小孩能搬動的重量。

第三章 二重葬

在沒有風的情況下棺材門板自己闔上，狹小的黑暗空間使得他的恐懼無限放大，連原本熟悉的爺爺看起來都變得恐怖。直人覺得一定是彌生忌妒自己可以爬進來，所以惡作劇想要嚇他。他用拳頭不斷敲著棺蓋，細嫩的雙手敲到流血，滴在自己的臉上，尖叫開始變成哭吼。

他在慌亂中完全沒想到單憑彌生的力氣根本推不動棺材門板，更遑論她根本連門板都搆不到。

「臭彌生，快點開門，媽媽……」

突然，有一雙手摀住了他的嘴，那雙手直人再熟悉不過了，那是自己前一刻還握著的冰冷雙手。

沙啞的聲音從背後傳來。「閉嘴……」

像是爺爺的聲音，卻又不是爺爺。直人嚇得停止哭泣。

對方開口，濃郁的臭味撲鼻而至。

入棺

八塚和子循著哭聲趕到會場後方。木屐的棉線因狂亂的奔跑而斷裂，她卻索性直接赤足狂奔，完全顧不得和服是否凌亂。

只看到彌生坐在地上，她一看到自己就撲了過來，哭得更大聲。

「好了，沒事、沒事，媽媽在這邊。」和子蹲下來擁著她安慰道。她終於鬆了一口氣，看女兒還能哭得這麼用力，代表沒什麼大礙。但是轉念一想她又慌了起來，抓著彌生的肩膀緊張地問：「直人呢？你哥哥呢？」

彌生很少被母親用這麼嚴厲的口氣逼問，查覺到母親那不尋常的擔憂後，一時之間她也忘了要繼續哭泣。「直人都不帶我去看爺爺，自己跑進去，結果突然蓋起來，碰！好大聲。」小彌生埋怨地打了小報告，手指著八塚法一郎的棺材。

和子放下女兒站了起來，她進來後注意力始終放在女兒身上，到現在才發現本來應該打開的棺木蓋不知何時被闔上了。從女兒不太清楚的陳述，加上倒在地上的椅子，還有直人遺落在地上的鞋子，她大概可以猜出來直人偷

第三章

三重葬

爬進去的情況。

她急忙想要打開這該死的木箱，她拍打棺材，呼喚直人的名字，裡面卻毫無動靜，要是直人在裡面缺氧這麼辦？但是不管她怎麼使力，甚至關節都泛白了，棺蓋卻絲毫不動。

「和子小姐！」「和子！」前田與古市兩人趕到時，看到她原本整齊的頭髮變得凌亂，正努力想要打開棺木。

前田跑過去扶住她。「前田警官，我兒子直人還在裡面，可是我打不開……」和子一反常態，慌張地揪著前田的衣服，向他求救。

「沒事的，妳不用擔心。」他拍著伊藤和子的肩膀安慰道，轉頭和古市交換了眼神。

前田與古市兩個大男人合力也打不開棺蓋。古市伸行拍著棺木。「直人！直人！」卻還是沒有回應。

不知道是誰這麼過分，竟然把這麼小的孩子連同屍體關在棺材裡。就是有這麼多爛事發生，所以他才會想當警察。

古市在旁邊找了一塊鋼製的扳手，和前田兩個人合力想要撬開棺木，前田青筋暴起、汗如雨下。身為警官的他們平時特別注重體能上的鍛鍊，比平常人更有力氣，照理說依他們的力道，就算是再重十倍的木頭都推得動，但偏偏這個棺蓋就是文風不動。

「和子，請容許我們破壞棺木。」前田警官順著以前的習慣，還是這麼稱呼她。根據他的經驗，受困者若是沒有回應，昏倒倒也罷，假使缺氧那情況更是刻不容緩，他不等對方回應，舉起扳手準備先從側邊敲出一個洞。

仍然推著棺木的古市忽然發出了驚呼「疑？」突然間他竟打開了原本被封死的棺材，感覺像是有人故意在上頭施壓，在這一瞬間又將力道瞬間收回。棺材露出縫隙，前田趕緊上前，兩人將棺材打開。

棺材裡面只見八塚法一郎安詳的睡臉，一如其他死者般，整齊地躺在棺木底。左側的花朵有明顯被壓扁的痕跡，看來的確像是有人偷爬進來過。只是整個狹小的空間裡，唯獨不見直人的蹤影。

不祥的預感瀰漫在他們四周。

第三章

三重葬

「妳確定有看到哥哥爬進去嗎？」和子低頭問彌生。

「真的啊！我叫直人不要進去，直人都不理我，他爬進去還把椅子弄倒，很不乖。」

「那哥哥會去哪裡呢？」和子咬著下唇，泫然欲泣的模樣惹人憐愛。手指剛被木頭刮到的地方正在滴著血，血滴在和服裙襬，滴進黑色的布料裡，被纖維吸收直至消失，深色的和服上完全看不出血的痕跡。

「和子小姐，會不會是小女孩弄錯了呢？」

「應該不會的。」和子打斷古市，篤定地回答。「如果她說謊的話我分辨得出來。」

她不是說「我家小孩絕對不會說謊」，而是「如果她說謊的話我分辨得出來」。聽到這答案古市也無話可說。

「不管怎麼樣，當務之急是找出直人的下落。」在一旁沉默的前田開口。

「難道，他跑去找翔太了嗎？」和子喃喃自語，猛然對前田他們鞠躬。

「不好意思，彌生就麻煩你們了。」

她顧不得光著腳往外奔了出去，前田蹲下來抱起小女孩，和古市追了上去。

✝

她已經很多天沒有闔眼了。

八塚綾子穿著和子幫自己準備的和服坐在棺材旁，衣服上的家徽與和子的相同，同樣都是長形的圖案。綾子緊握著翔太的小手。短短幾天裡，她蒼老了十來歲，不過她一點也不在乎，反正她在乎的人全部離開她身邊了，她覺得自己早就已經跟著翔太死去了，現在坐在這裡的空殼是什麼模樣，根本一點也不重要。

翔太短短五年的生命濃縮成影片，不斷重複的在她的腦海裡播放著。她千萬遍的恨著父親八塚法一郎帶回了受詛咒的屍體，也千萬遍的恨著自己沒能在兒子死的時候衝過去保護他，替他擋下大貨車。

第三章

二重葬

她還是接到鄰居的通知，才知道翔太竟然不在家裡。好幾個晚上她都為了自己的疏忽痛哭得不能成眠。

但如今不論她流下多少心痛的淚水，她的翔太也永遠不會回來了。綾子哼著自編的搖籃曲，輕輕的撫摸著翔太不再軟嫩的手背。

伊藤和子跑了進來，看見這個場景，同樣身為母親的她完全可以體會綾子的心情，可以的話她實在是不忍心打擾這對母子最後相處的時光。但正因為自己也是母親，所以為了直人她什麼事情都願意做。

她跑了過去，劈頭就問。「綾子，妳有看到直人嗎？」

綾子自顧自的哼著歌曲，完全無視她的存在。

「綾子！拜託妳！」

「跪下。」八塚綾子嘴裡徐徐的吐出這兩個字。

「咦？」

「妳跪下我就告訴妳。」

和子二話不說，毫不猶豫地朝自己的姊姊下跪，她的頭緊貼著冰冷的大理石地板。「拜託了！」

看著向來順從的和子，綾子覺得這時候報復她也索然無趣。

「真是可悲的女人。」

「拜託妳了！」她還是這句話。

「不，直人並沒有來過這裡。」

「謝謝妳，綾子。」

伊藤和子再度拔腿往外奔去。出去時正好與前田他們擦身而過。

「等一下！妳要去哪裡找？」前田和介大聲問著，但和子恍若未聞。

他將懷中的彌生抱給古市。「照顧這小女孩，你留在這裡打聽看看情況，我去追她。」

古市抱著彌生，還來不及反應，只能看著兩人離去的身影，彌生可愛的大眼望著他，早就停止了哭泣。八塚綾子繼續事不關己地哼著搖籃曲。

「真是可悲的女人。」綾子又說了一遍。

古市卻以為八塚綾子是在說自己很可悲。

4章 調查

入棺

雖然才即將邁入十一月，卻已經明顯可以感受到今年冬天提早來臨了，單薄的水泥牆，還有用膠帶補起裂縫的窗戶。男孩身上破舊的無袖衣服完全無法抵禦寒風，那件過大的黑色無袖衣服，其實也是別人不要的舊衣服，腋下的開口部分幾乎都要開到這個七歲男孩的腰際了，而下襬的部分則是長到了他的膝蓋。他就只穿著這麼一件勉強算是衣服的布料，以及內褲，甚至連短褲也沒有。

他其實也有自己的衣服，但也都同樣破舊，而且收在衣櫃裡的衣物不是他可以擅自亂拿的。

過於瘦弱的孩子在過於寒冷的天氣裡，穿著過於簡陋的過大衣服，在這個房子裡沒有一件事情是恰到好處的。這點他從小就明白了。

此時的他並不是一個人在家。矮桌的另一端，有一個在男孩眼裡像熊一樣粗壯的男人剛值完大夜班回來，所以才會一大早在睡覺。男孩努力將自己縮在牆角，雖然說他已經盡可能地讓兩個人保持最遠的距離了，但在這狹小的空間裡，這個距離其實男人只要跨出三步就可以輕而易舉地抓到他。

雖然媽媽總是說這個男人是自己的爸爸，但這男人從來沒有給自己好臉色過，只要稱呼他爸爸，就會招來一頓毒打。他當然不只是會因為那個理由而被揍，就連他不小心打個噴嚏都有可能會招來耳光，彷彿是只要他存在就會惹男人不開心似的。所以他小心翼翼地注意自己的呼吸聲，深怕吵醒熟睡的男人。

男孩希望這男人現在不在家，這樣他至少能偷偷打開衣櫃拿出不屬於他的衣服來保暖。

除了寒冷令人難以忍受之外，在他的印象中，沒有幾次能真正吃飽的記憶。他總是看著大人們的臉色，運氣好的話，偶爾能乞討到一些吃剩的食物。往好處想，肚子餓的感覺越是強烈，越能讓他忽略天氣有多寒冷。

骨瘦如柴的男孩由於長期營養不良的緣故，看起來遠比他實際年齡小上許多。他的皮膚布滿著傷口，泛著蠟黃。他將自己嬌小的身軀瑟縮在房間裡的角落。

他的肚皮發出飢餓聲，他趕緊將身體蜷曲的更小，希望能壓住聲音。

在他與男人中間的小矮桌上，擺放著男人吃剩一半的便當，雖然便當早已冷掉，但在飢餓的孩子眼裡看來還是非常美味的。縱使他已飢腸轆轆，仍不敢打便當的主意，只要他還殘存著一絲理智，他就不會想要挑戰這個男人的極限。

不過再怎麼樣，都比不上媽媽的恐怖。這男人再怎麼樣揍自己，都還會拿捏好分寸。媽媽平日雖然看起來很溫柔，可是一旦下手揍他，有時候會連男人都看不下去阻止她，每一次都像是想要置男孩於死地似的。

男孩以前就曾經偷吃過吃剩的食物，被男人發現後將他揍個半死，原先吃下去的食物也全部吐了出來。原本這樣就結束了，沒想到媽媽在一旁還當場逼他將吐出來的食物再吃回去。那次他哭了快兩個小時，邊吃邊吐，最後是男人看不下去，才終於阻止了媽媽。但最後的懲罰是他又被餓了兩天。從那次之後他就再也不敢碰任何不是給他的食物了。

雖然饑餓感令他難以忍受，但那種事情他再也不想體驗第二次了。

他正努力想讓自己睡著好忘記飢餓時，他看到男人在睡夢中動了一下，

第四章

調查

翻過身，不小心撞到了矮桌。原本好端端放在便當盒上的筷子掉了下來，滾落到男孩這一側的地上，他趕緊想撿起筷子放回去時，忽然注意到男人的打呼聲停止了。

男孩大氣也不敢喘一下，只見男人打了個大呵欠，伸著懶腰慢慢坐起身。

男人搔了搔好幾天沒有洗的頭，轉頭看著他，注意到他手中正巧握著的筷子，然後又看向桌上的便當。男子忽然勃然大怒，拍桌而起。

「你這個連佐倉家都不要的小雜種！誰准你偷吃老子的便當的！」

「我沒有偷吃……」

「還敢狡辯！我剛將筷子好端端地放在便當上，難道說它會長腳自己跑到你的手上嗎？」

「我沒有吃！」男孩領口被揪了起來，他抱著頭不斷尖叫。「我真的沒有吃、我真的沒有吃……」

「死雜種，還敢說謊！老子就算倒掉也不給你這小偷吃！」

男人一拳招呼過來，他的臉頰馬上腫得半邊高。他眼前瞬間漆黑，還開始耳鳴了起來。緊接著又是一拳。「你要是肯乖乖承認的話我就少揍你兩拳。」

「我沒有偷吃！」男孩還是堅持這句話，一方面是他的確沒有偷吃，但他才不是為了堅守什麼誠實原則才要幫自己澄清。而是他知道要是為了怕被揍而承認自己有偷吃的話，後果只會比被揍更慘而已。

「還敢嘴硬，好！今天老子我就揍到你承認為止！」

男孩完全放棄掙扎，他已經很習慣這種事情了，通常一旦開始被打，他再怎麼求饒也沒有用，非得等到男人揍到滿意為止。他索性閉上眼睛，祈禱快點結束。

男孩等待許久，預料中的第三拳並沒有落下。因為他聽到了開門聲，趕緊張開右眼，左眼則是挨了拳頭腫脹得無法睜開。

媽媽回來了！男孩感覺到自己全身都更加緊繃，這種壓迫感比剛才男人揍自己時還要可怕。

第四章 調查

男人聽到開門聲，停下了動作。眼見一個年輕的女子，雖然外頭寒風肆虐，她卻只穿了一件極短的迷你裙，還有一件風衣走了進來。說她是這男孩的母親，未免也太年輕了一點，看起來頂多才二十歲出頭。

女人對眼前男孩被揍的畫面習以為常，也不覺得心疼，隨口問道：「這次又怎麼了？」

「這雜種偷吃了我的便當卻不肯承認，我在教他什麼叫做誠實。」

女人走到男人面前，蹲下來看著男孩。「他說你有偷吃便當，你有嗎？」

「我沒有偷吃！」男孩趕緊搖頭否認。

「這小子到現在還打死不肯承認！」

「你有親眼看到嗎？」

「這……我……」男人吞吞吐吐。

「這樣啊！你也沒有證據，那怎麼能認定他一定有偷吃呢！」女人溫柔地摸著男孩的頭，男孩不習慣被她碰觸，反射性的瑟縮了一下。

女人笑著一把抱過男孩，把他抱在懷中。正當男孩鬆了一口氣，正在感受母親的體溫時。

「既然沒辦法判斷有沒有偷吃的話，那就只好揍看看他的肚子，看他到底會吐出什麼囉！」她忽然開口，語調既冷漠又無情。

「不要！我不要！」男孩聽到後受到驚嚇，拼命掙扎想要掙脫母親的懷抱，沒想到卻被她抓得更牢。

「媽媽是想要證明你的清白啊！」女人在他的額頭上親了一下，從背後扣住他的雙臂。「因為媽媽我啊！是如此的愛你。」

這是男孩有記憶以來唯一一次從母親那裡得到的吻。

男孩發出淒厲的尖叫聲。

✝

伊藤和子及前田和介兩個人跑進了葬禮場後方的墓園中，這裡是土葬的人長眠的場所。雖然以往的人習慣入土為安，但現在在土地缺乏的情況下，

第四章 調查

越來越多年輕一輩的人選擇火葬。

前田和介追著伊藤和子，原先以為她是想到了直人有可能會去的地方，跟了一段路後才發現，這女人根本就只是毫無頭緒的到處亂找而已。

兩人持續奔跑了數十分鐘，前田認為這樣下去不是辦法，他抓住了和子的手臂。「妳冷靜一點！」

「前田警官，你是警察吧？可以報警請人來幫忙找失蹤的直人嗎？五歲，穿著黑色成套西裝的小男孩。」

「這……沒辦法。」前田為難的搖頭，他雖然身為警察，卻最痛恨這些墨守成規的規章。「警方是不會受理未滿二十四小時的失蹤案的。」

「是嗎！」伊藤和子失望地閉上眼睛，像是早就預料到他會這麼回答。前田不禁為自己的無能為力感到生氣。「那麼請你放開我，我要繼續去找我的兒子。」

「妳先冷靜一點。」

「我很冷靜。」

「和子，妳看妳這樣哪裡冷靜了？」前田彎下腰，掏出懷裡的手帕為和子擦拭沾滿泥巴的雙腳，腳底布滿了被碎石割傷的傷口，和子這才發現自己一直是光著腳在奔跑，他將自己的皮鞋脫下來套進和子的腳。「雖然有點大，不過妳就先將就一下吧！」

伊藤和子原本緊繃的情緒逐漸緩和下來。「謝謝你。」

「沒事的，我想應該不會有人特意來葬禮場綁架小孩的，直人應該只是不知道跑去哪裡玩了，一會兒就會出現的。」

「不，你不明白，葬禮場是……」她咬著下唇，欲言又止。「你跟我來。」

她領著比她身高高出許多的前田和介往墓園深處走去，一路上經過許多新舊交錯的石碑，前田盡量克制自己不去想武內千代的事情。

最後她停在最裡面，這裡用石頭獨立圍成一區，仔細看裡頭的墓碑，半數以上都比這墓園裡其他的還要古老許多，年代非常久遠。說不定這裡是墓園最初成立的起點。

「這裡是八塚家專屬的墓園，傳承了好幾百年了。」伊藤和子向他解釋

第四章 調查

道。

前田沒有回話，因為他並不知道和子專程帶自己來這邊的用意，直人似乎不會在這裡的樣子。

「明明有這麼廣大的土地，八塚家歷代卻都是用火葬，甚至寫進了祖訓裡面。」她看向遠方，前田順著她的目光看去，在火葬場的方向升起了黑煙，他知道那是燃燒屍體產生的煙。

「你知道為什麼一定要火葬嗎？」她問。

✟

「八塚夫人，時間到了。」火葬場的工作人員在伊藤和子他們離去後沒多久，來到了八塚家。恭敬的語氣中滿滿都是歉意，提醒著火葬的時間。

八塚綾子充耳不聞，仍緊抓著翔太的手。「時間到了，夫人。」對方又提醒了一次。

她突然放聲大哭，像個孩子般哭得肝腸寸斷。古市伸行不禁對她感到歉疚，如果真的是那具無名屍的詛咒的話，那麼警方不就是間接害死這個孩子的凶手了嗎？

「你們想對我的翔太做什麼！」

「夫人。」女工作人員蹲下來，平視八塚綾子，溫柔地握住她的手。「您這樣翔太會擔心的，我們一起好好送他最後一程，好嗎？」

在前往火葬場的路上，八塚綾子不停的低聲啜泣。古市將彌生託付給現場人員，讓她在休息室裡睡覺，他認為要面對這麼嚴肅的場面，對彌生來說還太早了一點。

三具棺木並排在一起，從右至左分別是八塚翔太、八塚法一郎，以及無名小孩的屍體。和尚唸完超渡的經文後，依序將屍體放進了火爐中，這裡的火據說是終年不息的。熊熊的大火將不同的人燒成相同的白骨。

「媽媽！」

從焚化爐中，傳出小孩淒厲的尖叫聲。

第四章 調查

現場人員無不駭然。

「翔太？」八塚綾子猛然驚醒，想要衝過去拍打爐子的鐵門，裡頭炙熱的溫度足以瞬間將手掌煎熟，古市急忙拉住她。「我兒子在裡面，你快放開我！」

小孩的聲音逐漸變得微弱。

「還不快點把爐火熄滅！」古市對火葬場的人員大吼，心中閃過一絲不祥的預感。

難道是直人嗎？到現在都還沒找到直人的下落，但是剛剛棺材裡明明就沒有見到他啊？該不會他躲在爐子裡吧？

現場慌亂中參雜著尖叫聲，這一切突然變得很不真實。真希望前田警官現在在這裡，古市扶著八塚綾子，汗水流進他的眼裡，他卻沒有多餘的手可以擦拭。

可能是最近父親的死亡給她的打擊遠比自己想像中要來的大，也可能是直人的失蹤讓她不知所措，她突然覺得獨自背負著這一切實在是太累了，有一股想要坦承一切的衝動，她要將埋藏在心裡數十年的祕密，還有八塚家的詛咒，全部都告訴眼前這個幾乎可以稱得上是陌生人的警官。但畢竟八塚家會出事，他也不能說是毫無責任。

「前田警官，你有聽過八塚家的祕密嗎？」

前田和介遲疑了一下，不知道該怎麼回答。

「別介意的，其實在這個小鎮也不算是什麼祕密了。」

「我有聽說過……」

「前田警官，你知道八塚家是做什麼的嗎？」伊藤和子穿著過大的皮鞋，緩步走在八塚家的墓園裡。

「賣棺材。」

「沒錯，我們好幾百年來都是以賣棺材為業，死去的人的身體住在棺材裡。」她回頭向前田露出僵硬的微笑。「那麼靈魂呢？身體裡的靈魂跑到哪

第四章 調查

裡去了？」

「抱歉，我不相信靈魂這種東西。」

「不相信也沒關係。」和子自顧自的說下去。「八塚家是棺材店，我們賣放屍體的棺材，但同時，我們本身就是靈魂的棺材。」

「靈魂的棺材？」前田皺起眉頭。

「是的。」伊藤和子在兩個洞前停了下來，這裡是預計要給八塚法一郎和翔太放骨灰的地方。「我們八塚家人的身體自古就受到詛咒，我們就像靈魂的棺材一樣，可以關住死去亡魂的靈魂。」

「所以妳的意思是，你們的身體裡面可以同時住很多靈魂？」

「是的，我們就是所謂的『人棺』。活生生的人體棺材。」

前田跟在身後並沒有接話，雖然他並不相信鬼神之說，但是他很確信眼前的伊藤和子是認真的，憑他當了多年警察的經驗，有沒有說謊看眼神就知道了。兩人一齊看著遠方的濃煙沉默了許久，突然和子笑出了聲音。「謝謝你。」

「謝什麼？」

「謝謝你沒有說我是瘋子。」

前田嘆口氣。「和子，雖然妳講的話的確是超乎常理，但我當警察當了這麼久，對方有沒有說謊我一眼就能分辨得出來的。」

「這個鎮裡的人雖然不了解，卻很害怕八塚家。我們只要呼喊死者的全名，就可以把死者的靈魂永遠關在自己體內。只要我們想要，就可以輕易獲得死者生前不可告人，甚至有可能拖累還活著的人的祕密。所以這個小鎮的人才會這麼怕我們。」

前田沒有回話，伊藤和子整理了和服還有頭髮，稍微恢復了原本端莊的模樣。

她向前田和介重新深深鞠了個躬，深深的鞠躬。

「這裡是死者聚集的場所，沒有任何地方比這裡更讓我們困擾了。而且我也不認為這個小鎮有人會願意幫助我們，所以還請前田警官務必幫助我尋找直人。」

第四章 調查

火葬場運轉了數十年，從來沒有燃燒到一半中途停止的。這時已經聽不到原本的尖叫聲，工作人員膽顫心驚地拉開火爐的鐵門，深怕看到小孩活活被燒死的畫面。他們打開門，拉出三塊原本放置棺材的鐵板。

八塚法一郎與翔太的鐵板上，各自躺著一大一小尚未燃燒完全的焦黑軀體。唯獨無名屍小孩的鐵板上竟然是空的，只剩下些許木頭的餘灰。

屍體不見了。

現場漫布著一股默契的沉默，當初他們親眼目送三具屍體進入爐火中，如今卻只出來兩具，還有剛才裡頭讓人發毛的孩子哭聲。所有人看著空蕩蕩的鐵板不發一語，連原本祈福的和尚都忘記要唸經。

最近流傳的無名屍詛咒在眾人腦海裡浮現。離奇的車禍，美女檢察官慘死，八塚家倒楣的祖孫倆。誰知道下一個會輪到誰呢？

當初安慰八塚綾子的沉穩女工作人員，終於受不了率先放聲尖叫。大家像是忽然想起恐懼似的，尖叫聲此起彼落，現場頓時陷入一片混亂。

伊藤和子，手放在老式的話筒上，既不拿起來，又放不開，不知如何是好。在等待的過程中，女兒彌生早已在一旁睡著了，身上蓋著和子在葬禮場上披著的小披巾。

現在的時針剛跨過晚上的數字八，老舊的房子裡靜悄悄的。十分鐘前，她才剛跟前田和介聯絡過，對方的手機號碼在她的腦海裡不斷反覆浮現，現在只能盡力克制自己的不安，不能打擾到警方的搜救。原本失蹤未滿二十四小時警方是不會答應協助尋找失蹤兒童的，幸虧前田警官的幫忙才能破例。

這種不確定對方何時會回來的感覺，和子真的不想再感受第二次了。幾年前第一次等待的結果就是，來電顯示著丈夫的號碼，接起來卻是陌生人的聲音，當時對方停頓了一下，告知了丈夫死亡的消息，接著就只說了：「我很遺憾。」

這四個字。她不需要任何人的遺憾和抱歉，她要她的丈夫回來。當時不管再怎麼哀求祈禱，她的希望還是破滅了，而現在她不知道該怎麼做才能喚回直人。

伊藤直人，不對。現在改名叫做八塚直人了。繼承了自己柔和的面貌，配上丈夫那看起來總是在思考的細長眼睛。難能可貴的是，他仍保有五歲孩子特有的天真與調皮，這一點一直讓和子很欣慰，她不希望因為丈夫過世的事情讓孩子心裡留下陰霾。這幾年下來，看著孩子一天天長大，她越發肯定自己當初選擇離開八塚家的決定是對的。

但是直人到底去哪裡了呢？

和子很想拿起桌上的車鑰匙奔回葬禮會場，去把直人找回來。可是她是兩個孩子的母親，她沒辦法拋下年幼的彌生。八塚綾子自從翔太過世後就幾乎把自己關在房間裡，前幾天也都是和子幫她送飯，所以和子也不認為可以請她照顧彌生。其實比起彌生，和子反而更擔心留下綾子一個人獨自在家，不知道她會做出什麼傻事，如今對於同時失去父親與兒子的綾子而言，這世間已經沒有什麼值得活下去的理由了也說不定。所以她無法離開這裡，只能相信前田他們了。

✝

「東邊的山頭也沒有。」古市用無線電聯絡著正在搜救的同仁，同時在地圖上用紅筆作記號。「你這小子到底能跑到哪裡去呢？」

在墓園旁的森林裡，以前田和介為核心所組成的搜救小組，正分頭協助尋找失蹤的八塚直人。無故從葬禮場上消失的直人，失蹤至今已超過八個小時了。在這中途都沒有人曾看過這孩子的蹤影，所以他們將搜查範圍改往人跡罕至的森林裡，要是真的再找不到，可能就不排除被綁架的可能了。但到目前為止也沒有接到任何勒索的電話。

「要是等等被我找到，我一定要狠狠地打他的屁股。」古市的無線電別

第四章

在腰際，一手拿著手電筒，另一手忙著撥開樹叢。

「你要是害怕的話，我不介意牽著你的手，古市小弟。」前田和介一副施恩的語氣。

「你這個變態上司，該不會是想趁機牽我的手吧。」

其實前田和介之所以會這麼講，是因為夜晚墓園旁的森林，真的帶有說不出的陰森感。剛才還有些許的月光，現在全被烏雲遮蔽住了，在這伸手不見五指的黑暗中，他們現在只能依賴手中的手電筒。白天時這裡只不過是一個再普通不過的森林，但到了夜晚卻充滿詭譎，就算是成年的男子也未必有勇氣單獨前來。

事實上到目前為止，也還沒有真的發生任何超乎想像的靈異事件，但正是這種即將會發生什麼事情的不確定感，令人感到非常的不安。

古市伸行看起來坦然自若，但前田注意到他的手其實在微微地發抖，而且講話語調也不自覺地提高，看得出來他心中的不安。如果前田再年輕個幾歲，可能也會感到害怕，但如今命案屍體見多的他，比起看不見的幽靈，看不見的人心才是令他恐懼的。

事實上失蹤沒有滿二十四小時，照規矩來講是不能派出搜索隊的。今晚這些前來協助的人都是看在前田的面子上來幫忙的，所以看到古市雖然怕得要命，卻一句怨言也沒有，他心裡其實很感動。

「你這傢伙，明明在屍體面前還敢開玩笑，沒想到卻這麼怕鬼啊。」

「因為屍體如果復活，我開槍也還是打得到啊！鬼魂什麼的連碰都碰不到，根本作弊太明顯了。」古市故意誇張地嘆氣。「不過大家為了前田警官的幸福，還是很願意來幫忙的。」

「我的幸福？什麼意思？」

「前田老大你就別裝了，今天不是還很親熱的直接叫人家的名字嗎？」

「誰？」前田停下腳步滿臉困惑，他完全聽不懂古市在說什麼。

「『和子，妳沒事吧？』、『別擔心，我一定會幫妳找回直人的。』」

古市故意模仿前田的語調。

「你自己不也直接叫人家的名字。我跟她只是以前委託葬禮時，曾經有過一面之緣而已。」

「只是有一面之緣就這麼勞師動眾尋找一個小孩嗎？你就老實承認吧。」

「古市。」前田的語氣提高，充滿警告意味。

但古市不理會他，逕自繼續說下去。「你該不會嫌棄人家已經生過孩子了吧？前田警官你也老大不小了，更何況人家和子小姐可是個不折不扣的大美人呢。」

「既然這樣，你怎麼不自己去追。」

「這沒辦法啊！」古市無可奈何的攤手。「我只愛波霸。」

前田翻了翻白眼，後悔當初在分組時，沒有跟別人一組。

✝

伊藤和子強迫自己冷靜下來，應該要多信任警方一點。但她的一顆心都繫在不知道跑到哪裡去的直人身上。

她輕撫著熟睡的彌生，相較起像自己的直人，女兒挺立的鼻子像極了丈夫。和子偷吻了一下她的額頭。原本熟睡中的彌生突然驚醒，開心地坐起身。

「哥哥回來了！」

和子被女兒嚇到，還弄不清楚怎麼回事的時候，就聽到有人在敲後院的玻璃門，她急忙跑過去解開門鎖。只見一個男孩頭髮凌亂、光著雙腳，臉頰以及身上各處都沾滿深褐色的痕跡。

「直人！」和子用力地抱著這個眼前讓她苦等超過九個小時的孩子，只要直人能平安回來她就已經別無所求了。她緊緊地抱住歸來的兒子，恨不得能摟進懷裡再也不分離。

和子聞到直人身上的鐵銹味。「直人為什麼你身上都是血？哪裡受傷了？會不會痛？」

「不會痛。」

和子聽到直人這麼回答，還是不放心的檢查半天，確認他身上真的沒有

第四章 調查

傷口，才鬆了一口氣。忽然客廳的拉門被人拉開，綾子驚慌地衝了進來。

「翔太！」八塚綾子一把推開自己的雙胞胎妹妹，搶過直人拉進自己的懷中。「噢！我的翔太，你終於回來了，你果然捨不得離開媽媽，捨不得丟下我一個人。」

和子看到直人纖細的手臂被綾子粗魯的拉扯過去，紅色的指痕讓她很心疼，想要阻止她。「綾子，妳冷靜一點，他是直人啊！」

「妳胡說！」綾子尖叫。「他明明就是我的翔太。」

「直人……」和子清楚綾子目前的精神狀況不太穩定，深怕刺激到她，但卻又擔心著直人，不知如何是好。

「沒關係的，母親。」直人在綾子的懷中對伊藤和子微笑，要她不用擔心。綾子卻誤以為直人是在和她說話，開心的摸著直人的頭髮。

「還是我家的翔太最乖了，走，媽媽帶你去洗澡。」

直人向和子微笑，聽話的任由綾子阿姨將自己帶走。伊藤和子擔憂地看著兩人離去，剛才兒子的體溫還殘存在自己懷中，她不禁感到懊惱，要是剛才她抱緊一點的話，直人是不是就不會被姊姊搶走了？

✝

剛過晚間七點三十分，通常是沒有加班的上班族，轉乘電車，差不多抵達家中的時間。這裡位於都市外圍的郊區，是棟兩層樓的老舊公寓，彼此生活空間狹小且緊密，加上隔音不好很容易受鄰居干擾，所以這裡的居民普遍都比較容易急躁。

「我再也無法忍受了！」長崎太太放下吃到一半的飯，生氣的指控。「隔壁的大川先生隨便帶女人回來，常常三更半夜吵得要命，我之前就提醒過他了，但現在又多出這個味道！這次我絕對沒辦法忍受了！這是要別人怎麼過日子啊！他再不處理好，我就要打電話給衛生糾察單位了。」

「妳還是少惹事的好。」長崎先生心裡很清楚，妻子根本沒有那種勇氣敢去找對方爭論，尤其是隔壁的大川先生，看起來就是混過幫派的，那可不是他們一般市井小民能招惹的。

說完他又恢復沉默，吃著自己下班順道買回來的晚餐配菜，不發一語地聽妻子抱怨。這種日子他早就習慣了，自從跟自己結婚後，妻子的生活越來越枯燥乏味，開始養成了探聽鄰居八卦的嗜好，蒐集了一整天的分量，就為了晚上要抱怨給自己聽。有時候甚至專注到匪夷所思的地步，連晚餐都會因此而忘了煮，就像今天這樣。隔壁的大川先生、樓下的中村夫人，以及旁邊的長沼一家，妻子沒一個看得順眼的。

長崎太太自顧自的碎碎唸：「還有他們家不是有個小孩嗎？我看那個小孩全身髒兮兮地，也沒去上學，真不懂那對夫妻在想什麼。」

有時候長崎先生真希望他們有個孩子，能讓妻子轉移注意力，不會成天神經兮兮的。但又怕有了孩子以後，只會增加妻子的抱怨對象，反而更糟。

「他們怎麼有辦法讓自己的孩子生活在那種地方？真的不是我太敏感，從兩三天前就開始聞到味道了，像是死魚還是什麼食物放太久的味道，今天的味道更重了。」

長崎太太沒有注意到丈夫的心不在焉，自顧自的講個不停。「真是的，明明就有固定收垃圾的時間，就是有這種人，偏要積了一大堆才肯丟，完全不顧慮鄰居的感受！這類型的人乾脆全部送到深山裡面生活算了。」

長崎先生不以為意，正要夾一塊廉價的生魚片入口時，嗅到了輕微的酸味。他皺著眉放下筷子，原本愉快的夜晚都被破壞掉了。「鮮屋的老闆也墮落了嗎？竟然連這種壞掉的食物都敢賣。」

「壞掉了嗎？」妻子的注意力被拉了回來，將盤子端近認真地嗅了兩口。「不是這個壞掉，是我說隔壁傳來的味道啊！我這幾天聞到的就是這個。再這樣下去，我看過不了多久，我們的衣服還有頭髮，都會沾滿這個噁心的味道。」

長崎先生抬頭在空氣中聞了幾下，不悅的起身，往玄關走去。長崎太太很緊張，以為他真的要跑去隔壁找大川爭論，她已經可以想像丈夫滿身是傷的模樣了。沒想到丈夫在玄關前停下腳步，拿起了旁邊的市內電話，轉頭問她。「妳剛說的衛生糾察單位電話是幾號？」

「是嗎，孩子有回來就好了。」前田和介在幾分鐘前接到了電話。當時他們走在黑暗的森林裡，突然響起的鈴聲還害古市嚇了一大跳。「不必道謝，這本來就是我們警方應該做的。」

「真遺憾。」在前田掛上電話後，古市沒頭沒腦的補上這句。

「有什麼好遺憾的？」

「找了半天，直人竟然自己回家了，如果是前田警官找到那男孩的話，說不定和子小姐會感動得以身相許。」

「你一整晚還沒說夠嗎？」前田用力的敲了他的頭。「走吧，叫其他人也收工，我請大家喝杯啤酒，辛苦你們了。」

看著前田孤獨的背影，古市把他在武內千代墓碑前寂寥的背影重疊了。雖然他像是在挖古前田，但其實如果可以的話，他是真心希望前田能放下從來不屬於他的武內千代，重新找尋新的幸福。

✝

昨晚伊藤和子打電話向前田再三道謝後，便幫彌生洗澡，哄她上床。

半夜在餐廳收拾時，和子想著直人現在應該是在樓上的綾子房間吧？雖然和子明白綾子不會傷害他，但是想起今天直人失蹤的事情，此時孩子不在自己身邊，還是令她感到不安。她一方面又拼命說服自己，才不過一天而已她就不安成這樣，那失去孩子的綾子肯定比自己痛苦百倍。這樣相較起來，反而是顧慮到綾子心情的直人比自己還貼心。

伊藤和子內心感到矛盾，她嘆了口氣，準備要回去陪彌生睡覺，她睜開眼要是沒見到自己，肯定又會不安地大哭。她要起身時感到暈眩不已，其實連續忙了幾天，她也感到疲憊了。正當她扶著桌子站起來時，忽然聽到浴室傳來了沖水聲。

直人？彌生？還是綾子呢？伊藤和子探頭拉開紙門，漆黑的走廊聽不見任何腳步聲，也沒看到人影，從沖完水到此刻，由於走廊腐朽的老舊木地板，

第四章

調查

不可能有人經過客廳門前不被發現的，但現在卻像是誰也不曾經過。另外，她也不覺得他們兩個小朋友有這麼勇敢，敢自己半夜上廁所。

她往浴室走去，小心翼翼的踮起腳尖深怕吵醒彌生，但木頭地板還是發出了明顯的聲音。和子打開了浴室燈，發現馬桶的水箱正在蓄水中，剛才果然有人上過廁所。

突然浴室燈一黑。「啊——」不知道誰惡作劇把燈關了，和子被嚇到，趕緊轉身要拉開門出去。她死命的拉扯門，門卻像是被人從外面緊緊拉住似的，絲毫不動。兩個孩子絕對不可能有這麼大的力道，難道是綾子嗎？可是為什麼她要故意嚇自己呢？

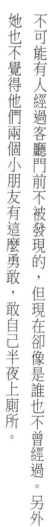

和子充滿困惑，拼命拉了半天，門才終於鬆開，她因為反作用力跌坐在浴室的地板上，摸到一攤溼溼滑滑的東西，接著還聞到一股鐵鏽味，但她顧不了那麼多，趕緊起身衝出去開燈。

伊藤和子打開燈後，終於恢復明亮。她喘著氣緩慢地望向浴室，發現一切正常，燈泡也沒有損壞。而且浴室的地板是乾的，連她的手掌也是乾的，但是她剛才確實摸到一片溼滑的液體。真要說剛才那個味道是什麼的話，應該是血的味道。

一定是太累了、一定是太累了。

和子快步走回客廳，不斷的安慰自己，剛剛那只是單純的燈泡短路而已，老舊的房子本來就常會那樣。地板是乾的也很正常，因為自己的裙子根本就沒有沾到水，所以剛剛大概是手摸到冰的地板所產生的錯覺吧……一定是太累了……

伊藤和子停下腳步，覺得不太對勁，僵硬地回頭，卻看到一個嬌小的身影站在自己的身後，幾乎與走廊盡頭的那一片黑暗融為一體，她親愛的兒子八塚直人，就站在那裡對自己微笑著。

「母親。」直人伸手討抱。

看著可愛的兒子，和子卻只覺得毛骨悚然，不自覺的往後退了一步。

剛剛明明誰也不在那裡的。

5章

清白

「這樣應該夠了吧？」魁梧的男子，講起話來卻扭扭捏捏，他膽怯的看向身旁的女子。從頭到尾女子都在一旁抽著菸，對於自己親生兒子被打成這樣連眉頭都沒有皺一下。

他自己也不知道揍了多久了，中途他好幾度想要停手，都被女人阻止了，他只好硬著頭皮繼續打下去。其實揍到最後殘留在他拳頭上的觸感，連他自己都覺得反胃。現在這孩子已經吐到連胃酸都吐不出來了，整個人躺在地上動也不動。

「看來是真的沒有偷吃便當呢，真是乖孩子。」女人看了地上的嘔吐物，愉快地摸著孩子的頭稱讚道。

「怎麼辦？佐倉。」

「我不是說過不要叫我那個姓氏了嗎？」

「這孩子該不會不小心死了吧……」

「沒事、沒事。」女人將手中的香菸按熄在男孩身上。

他發出虛弱的呻吟，卻沒有力氣閃躲。

第五章 清白

「還活著就好，媽媽怎麼會讓你死掉呢，你可是媽媽的寶貝孩子。」

男孩倒在地上，別說掙扎了，他連哭都沒力氣了，他吐到全身內臟都要翻出來了。男人別過臉，雖然他也看這孩子不順眼，但也沒想過要把他欺負成這副德性。

「既然不舒服那就好好在家休息吧，剩下那個便當隨便你要不要吃掉。」女人擅自決定後，抱住男人粗壯的手臂。

「走吧！大川，我請別人來照顧這雜種了，別擔心。」男人一臉困惑，不過他還是習慣性地順從這個女人所說的話。

所有人都出去後，男孩緊繃的心才終於能夠放鬆。他是直到聽見自己哽咽的聲音時，才發現自己哭了。比起揍在身上的拳頭，他更在乎媽媽是否愛他。但他始終不知道要怎麼樣才能讓母親喜歡上自己，他安靜、乖巧，總是假裝自己不存在，卻一點用也沒有。

他全身上下的每一寸肌肉都在哀號，但他還是勉強地想要移動身體，去拿桌上那剩下一半的便當。雖然他好幾度想要放棄生命逃離這裡的一切，卻還是可悲的感受到飢餓。

男孩努力地用手臂撐起上半身，突然聽到門鎖轉開的聲音。他僵直不敢亂動，雖然母親對他極為殘忍，但他的內心深處，其實是渴望母親能夠想起他專程回來，抱著他道歉，然後重新開始生活。

但他知道這一切都只是妄想而已。

「打擾了。」一個沒見過的中年男子探頭進來，消瘦且頭髮微禿，一見到男孩就露出笑容。男孩則是整個人向後躲。

「別怕、別怕，我是你母親委託來照顧你的。」中年男子越來越靠近，不理會男孩的閃躲，還伸手摸他的臉頰。「好嫩的臉頰，果然還是年輕的男孩比較好。」

男孩轉身想要逃走，卻被對方壓在地上。中年男子看起來雖然瘦弱，但要對付一個長期營養不良的男孩，絕對是綽綽有餘。他一邊要男孩別怕，一邊忙著解開褲襠。「我可是有付錢給你母親的，所以你不要亂動，乖乖聽我的話，這樣也比較不會痛。」

第五章

清白

男孩從小他就常看到母親與那個叫做大川的男人，或是母親常另外帶別的男人回家。十坪大的房子，他想要裝作沒看見也難。所以他知道再來會發生什麼事情，他心中的恐懼不斷擴大。他到此時才徹底的明白，自己被母親出賣了。

男孩放聲尖叫，卻被對方用自己的內褲塞住嘴巴。

到後來男孩放棄了掙扎，他只能在心中想著桌上那個還沒有吃到的便當。

✞

伊藤和子邊回想著昨晚的事情，邊攪拌味噌湯。仔細看她的話，不難發現她粉底下企圖掩蓋的黑眼圈。和子嘗了一口湯後，繼續切著料理用的紅蘿蔔，突然覺得一陣寒顫，這種發毛的感覺跟昨晚如出一轍。她趕緊回頭，發現身穿橫條紋衣服的直人，突然出現在自己身後，離自己只有五步的距離。

伊藤和子驚呼，手中的刀掉落到地上差點砍傷自己的腳。直人彎腰替她撿起刀子，刀的尖端指向伊藤和子，她能感覺到自己的汗水順著臉頰滑落，卻一動也不敢動，兩個人就這樣定住不動，牆上掛鐘的聲音可以明顯感受到時間的流動。

「早安，母親。」八塚直人將刀還給母親，愉快地向她道早安。

「早安。」和子努力擠出笑容，不想被自己五歲的孩子看出端倪。「先去刷牙吧。然後再幫媽媽叫其他人來吃早餐好嗎？媽媽有煮味噌湯喔。」

「我最喜歡味噌湯了！」直人開心地笑著跑開。

這句再平常不過的話，卻令和子驚愕。因為直人向來最討厭的就是味噌湯了。

✝

約莫十坪左右的老舊公寓裡，從來不曾同時擠進這麼多人。包含了兩位警官、兩位執行命令的警察，以及兩具屍體。

空氣中瀰漫著令人作嘔的腐爛味道，古市伸行嚴肅地緊皺眉頭，握著Canon相機不斷為眼前的死者拍照。死者是一男一女，男性死者手臂上有明顯的刺青，而女性死者穿著細肩帶的洋裝。兩人的小腿、胸膛都被人砍了數刀，其中有很多刀看起來是在已經死亡後才補上去的。

肯定是仇殺，古市在心裡斷定，因為這兩位死者還有一個共同點，就是臉部都被鈍器打得血肉模糊，像是還沒包進水餃皮裡面的肉餡。

「或許，我可能不適合警察這個職業了。」古市說話的同時又按下了快門，拍照聲此起彼落。

「一開始都需要時間適應的。」前田和介早就習慣了屍體的味道，脖子上掛著相機，戴著辦案用的白色手套，在房間裡到處搜查證物。「不過要是真的克服不了這關的話，我會幫你申請調到交通科。」

「不，我是說我剛在拍照的時候，發現我可能意外地有攝影天分，當警察真是太浪費人才了。」

很好，有幽默感的人在這行才能撐比較久。前田不理會古市，撥開了外帶食物的包裝，從凌亂的小餐桌上拿起了一只黑色的廉價皮夾，這種皮夾隨處可見，一個頂多才賣一百五十元的那種，邊緣處已明顯脫線了。

「這件慘案是隔壁的長崎夫妻報案發現的，死者年紀大約三十二歲，死因是失血過多。」前田翻看皮夾裡的駕照。「名字應為大川勇吾，前提是這個錢包是死著所有物的話，但依目前的情況看來，就算有照片也無法比對。」

也難怪前田會這麼說，因為死者的臉部被人刻意搗毀砸爛，根本無法辨識原本的長相。

「聽起來就是小時候會參加甲子園的名字嘛，勇吾。」

「你不要跟死者裝熟，還隨便叫人家的名字。」

不是強盜殺人嗎？前田思索著，他查看皮夾，雖然數量不多，但裡頭的錢似乎都還在。

「這是什麼？」他從一堆信用卡與發票中找到了女性的身分證。「佐倉貴美，二十四歲，出生日期……真是諷刺，竟然是今天。」

第五章 清白

「Happy Birthday，佐倉同學。」古市又特別為她拍了許多照片。

「你最好克制一點，到時候鑑識科看到你亂拍的那堆照片時，我可不會幫你說話的。」不理會古市的哀號，前田拉開了衣櫃查看。

「老大，你相信遺傳基因學嗎？」古市伸行正在刪除著相機裡的檔案，沒頭沒腦的冒出這麼一句。

「什麼？」

「所謂的遺傳基因，是指攜帶有遺傳信息的DNA序列，是控制性狀的基本遺傳單位，亦即一段具有功能性的DNA序列。基因通過指導蛋白質的合成來表達自己所攜帶的遺傳信息，從而控制生物個體的性狀表現。人類約有兩萬至兩萬五千個基因。」古市正經八百的拿出手機查詢。

「我知道遺傳基因是什麼鬼東西，我問的是你是要說什麼？」

「老大，你記不記得前幾個禮拜前，來路不明的小孩車禍案？」

「記得……」想到武內千代，前田和介的臉瞬間沉了下來。

「當初那小孩的臉不就也是變成這個樣子？說不定他們是一家人，才會都長得一樣。」

「古市，有時候我真的很難理解你的黑色幽默。」前田從衣櫃裡拿出了某件東西。「但有時候我又不得不佩服你那驚人的聯想力，他們的臉部的確是刻意遭人毀容的。」

前田攤開手中的衣物，雖然破舊，但還是可以明顯看出那是小孩子的內褲。

「這件勇吾穿也太勉強了。」

「給七歲小孩穿正好，不是嗎？」前田沉思許久。「傳訊息請總部那邊幫忙調查這兩個人有沒有孩子，還有調查看看這附近有沒有小孩走失了。」

✝

之前都窩在房間裡用餐的綾子，今天卻肯為了直人出來餐廳吃飯。只是綾子還是堅持直人是自己的兒子，和子也不知道該怎麼開導她。

第五章 清白

其實直人已經夠大了，和子向來都習慣讓孩子們自己吃飯，但綾子偏偏每一口都堅持自己餵，害一旁的彌生感到納悶，頻頻地轉頭看向母親。和子朝她露出微笑安撫她，想要壓抑住心中的不安。

因為她剛剛想起了另外一件事情……直人向來都是稱自己為「媽媽」，而不是「母親」。

如果只是綾子行為怪異還可以理解，但是如今的直人，竟然讓和子有一種說不出的違和感。這是身為母親才有的直覺，感覺這孩子只是外表像是直人的另外一個人。

一頓飯吃得和子渾身不自在。家用電話這時響了起來，和子起身去玄關接起電話，心中因為能稍微逃離廚房餐桌而鬆了一口氣。

✝

「這附近的鄰居在案發當時都沒有看到有可疑的人士進出……調閱附近

監視器的錄影帶，只有一個穿著黑色衣褲的孩子走進這棟大樓，不過並沒有拍清楚臉部。」年輕的警察專業的向前田他們報告搜查結果。「這是當時拍下的照片。」

前田接過印出來的黑白照片。

「另外，大川勇吾及佐倉貴美兩人都是未婚，都沒有小孩。」

「那這件小孩子的內褲究竟是誰的呢？」古市疑惑。

「前田警官要求調查的佐倉貴美基本資料，也已經拿到了。她小學時母親再婚，高中時無故輟學，距今大約是八年前。她的家人都不願意透露原因。」年輕警察將手中的資料遞給前田。

「謝謝你，辛苦了。」

「那具無名屍推估年紀不是正好七歲左右嗎？」古市從前田那裡接手佐倉貴美的資料。

「你說的沒錯。」

「我想不透，這幾個案子，還有武內大姐的事情到底是怎麼串在一起的？」古市喃喃自語。「難道是佐倉貴美的祕密情人X先生來尋仇，這個X先生先殺害了小孩以示警告，後來深怕被武內檢察官發現真相，於是下手殺害，然後他殺人殺上癮了，連八塚家的老爺子跟小孩都不放過。最後才回來找佐倉貴美，但她抵死不從，於是X先生就狠下心來將佐倉貴美跟同居人大川勇吾一起殺害了。」

前田鼓掌。「不錯，很有想像力。但是理論基礎呢？」

「身為刑警的第六感！」

「你先看看這張照片再來跟我談第六感。」前田將監視器拍到的孩子畫面給他。

古市伸行注意到右下角所標示的日期與時間。「這不是無名屍火葬的那天嗎？」

「沒錯，焚化屍體時憑空消失了一具孩童的屍體。」前田用手指輕敲照片道：「另外，當天下午，我們不是都為了找失蹤的直人忙得不可開交嗎？當時他就是穿著這樣的黑色西裝。」

「還有，根據和子的說法，他當時是渾身是血的回到家。」

✝

自從丈夫死後，伊藤和子肩負起照顧兩個孩子的責任，不論是接送孩子還是購物，她都必須開車，已經很久沒能像這樣搭車喘口氣了。

稍早接到前田警官的電話，對方表示希望能與自己當面談話。和子自己本身也有許多對於直人的疑點想要詢問，於是就答應了對方。和子從家裡出門時，因為穿脫方便，匆忙換上灰色的連身洋裝，現在稍微能有一點時間思考時，她才自問穿著裙子去命案現場真的恰當嗎？她雖然見過許多死者，卻沒有真的遇到這種情況過。

和子又看了一次手錶確認車次時間，和子擔心孩子沒人照顧，不得已只好拜託隔壁的鄰居河內太太代為照顧彌生。雖然說家裡還有綾子大姊在，但她現在只肯理會直人，其他時間都窩在房間裡不肯出來，和子也沒有辦法。

第五章

清白

肥胖的河內太太從和子有記憶以來就住在他們隔壁了，幾乎可是說是看著和子她們長大的。但由於家裡的行業特殊，所以基本上彼此不太有往來，但現在情況特殊，只好厚著臉皮拜託別人幫忙了。

她將汽車留給了河內太太，以防她突發奇想想帶孩子們出去購買食物，或是誰生病了臨時需要送醫可以備用。已有兩班公車經過，卻都不是她在等待的車號，和子焦急地看著手錶，因為她很少搭公車，所以不習慣這種等待心情。再加上直人的事情一直懸在她的心頭，讓她無法好好靜下心來。

和子稍微探頭，似乎看到公車正遠遠地駛來，突然間她被人推了一把！重心不穩整個往前傾，和子撲倒在馬路上，膝蓋跟手掌全都擦傷，正想掙扎爬起身時卻全身無力。

她回頭看只見一個嬌小的身影閃進人群中，那件橫條紋，跟她今天早上幫直人準備的那件一模一樣。

伊藤和子抬頭往旁邊看，看到一輛公車正急速駛來，正巧就是她一直在等候的那班車。

「這絕對是虐待兒童啊！無庸置疑。」拍照存證完畢，屍體已經運回警局等待檢驗，古市伸行幫忙搜查房間裡的證物時，找到了僅有的小孩衣服，一件長袖、一件短袖，共同點是同樣都很破舊，上頭都還沾有不明的污漬跟破洞。

古市搖搖頭：「要是小孩以後還穿這兩件上小學，一定會被同學欺負的啊，佐倉太太。」

古市伸行會這樣調侃死者不是沒有原因的，因為衣櫃裡還有許多件高級的名牌女性服飾，既然買得起這些，又為何只有兩件像抹布的小孩衣服？

前田仔細檢查衣服上頭的咖啡色污漬。「有血液反應，這是血跡。」他將棉花棒收進小的封口袋裡，回去再作檢驗，看是否與前幾個禮拜不明孩子的ＤＮＡ序列相同。如果是的話，前田有一種越來越逼近答案的感覺。

第五章
清白

「佐倉太太，我家的孩子都有送去學大提琴和西班牙文，每天都忙得不可開交，真羨慕妳還能有時間自己去逛街啊。」古市搭著前田和介的肩膀，繼續裝模作樣，學著貴婦的口吻繼續挖苦。

「古市太太，在命案現場……不，在工作時請保持嚴肅的態度好嗎？」前田開始覺得這傢伙真的是個寶了，他習慣性地從懷裡掏出香菸來治療頭疼。

古市嘖嘖地搖頭：「前田爸爸，麻煩你不要在孩子面前抽菸好嗎？萬一孩子學壞了怎麼辦？」

前田和介不理會他，自顧自的點燃香菸，突然間一陣風吹來香菸的火勢增強，燙得他趕緊脫手，香菸落在小孩的衣服上，前田趕緊將菸撿起來捻熄，但衣服上卻燒出了一個小洞。

兩人對看一眼，因為香菸燒成的洞與衣服上其他的破洞極為相似，他們倆個都同時想起幾個禮拜前的雨天，倒在柏油路上的那具孩子屍體也有許多被燙傷的痕跡。

「看來真的確定是虐待了。」前田將根本來不及抽的菸蒂丟進塑膠袋裡，放回口袋。

「我現在不知道是否該希望他們是同一個人了。」古市冒出這句。

前田完全可以理解。要是確定是同一個小孩，就代表他生前遭受虐待，死法還很淒慘；但如果不是同一個孩子的話，卻又代表有兩個受虐的孩子。

前田嘆了一口氣：「那麼孩子失蹤卻沒有人報案只有一個可能了，那就是他們自己就是兇手。只是這卻無法解釋這對情侶的死因。」

「也可能是單純的變態殺人狂，殺完小孩後覺得不夠，還把他們囚禁在這裡，虐待到死。」

「古市，關於你提的這個假設，完全不成立。因為隔壁的鄰居已經證實他們前幾天都還有正常的外出，並沒有被誰關在這裡……」

話還沒有說完，前田的電話就響了起來。「喂，是的，我是前田，車禍！你是說伊藤和子嗎？」

「你是說葬禮場的大美人發生車禍嗎？」古市一聽到熟悉的名字，很緊張地插嘴發問。

前田沒有理會他，繼續講電話。「是的，請把她載到這裡來，地址是……麻煩你了。」

「和子小姐沒事吧？最近未免也太多車禍了。」

「幸虧沒什麼大礙，等等轄區的員警就會把她載過來了。」

✝

「可不是嗎……其實我也是百般不情願啊！但是人家都這麼拜託我了，妳說能不幫忙嗎？」河內太太肆無忌憚地使用八塚家的電話，打給之前一同參加葬禮的上野太太，她肥胖的身軀擠在餐廳角落的電話旁，已經有將近一個半小時了。河內太太認為這是她來幫忙照顧八塚家孩子應有的福利，只是用一下電話沒什麼大不了的。

說穿了照顧小孩就是這麼一回事，河內太太本身有四個子女，所以她非常清楚，反正就是守在廚房，讓他們隔絕刀子跟爐火就行了，剩下的隨便他們要怎麼鬧或怎麼吵，她都沒有意見，反正他們玩累了就會自己去睡覺。

只是要來八塚家這件事情讓她本身很抗拒，她常透過院子看到這家老爺子一個人自言自語的模樣，或是長女脾氣一來就亂摔盤子，全部都病得很嚴重啊！但是今天他們家遭受這麼大的變故，次女又專程來拜託自己了，實在是找不到好的藉口推託拒絕。

「我跟妳說喔，妳記不記得上次葬禮場的事情，無名小孩屍體不見的那件事情啦！雖然那件事情也很可怕啦！」河內太太理所當然地打開冰箱。「竟然沒有啤酒。」她一邊碎碎唸，一邊幫自己倒了杯蘋果汁，然後坐到餐桌旁正好可以看向餐廳入口的位子。

「我要說的是後來他們那個孫子不見的事情啊！聽說是他爬進八塚老爺子的棺材裡，被反鎖起來的，打開後竟然就這樣失蹤了，妳說詭不詭異？後來據說他們找遍整個墓園都找不到，半夜才忽然自己跑回來，而且還渾身都是血……」

說到一半，正舉起的杯子僵硬在半空中，電話那頭沒有注意到不對勁，很自然地接話下去。河內太太緩緩地轉過頭，看到八塚直人就站在自己身後，她的汗珠緩緩地流過自己肥胖的臉頰。

她從剛剛就一直盯著餐廳門口，這小鬼到底是什麼時候溜進來的？

「好喝嗎？」八塚直人偏著可愛的腦袋望著河內太太，看得她渾身不自在。她趕緊放下手中的杯子

「原來是直人啊！怎麼一個人跑過來了？你妹妹呢？」

「在隔壁。」他小手指著旁邊。

「你要喝果汁嗎？」河內太太尋找杯子，她也說不清為什麼自己本能地覺得需要討好眼前的這個小男孩。

「不用找了。」直人微笑拒絕，這時候的他看起來就像一般的小孩子那樣天真無邪，反而讓河內太太心中發毛，卻說不出哪裡怪異。

直人經過她身邊時，在她旁邊耳語。「小心別噎到了。」說完便笑著離去。

留下驚魂未定的河內太太，她迅速拿起電話，打斷對方的發言。

「我跟妳說！剛才真是嚇死我了，那個直人……」她忽然間摀住嘴巴，滿臉脹紅，像一顆灌滿氣的氣球，痛苦的跌在地上。

電話摔在地上，對方察覺出事了，不停地呼喚河內太太，只見身軀肥胖的河內太太呼吸困難，臉由紅轉紫，口吐白沫地倒在地上。

只剩電話另一頭的呼叫聲……

✝

這時候她不由得感受到穿灰色連身洋裝的好處了，雖然手臂上的紗布無法遮掩，但至少可以遮住兩個膝蓋包紮的傷口。雖然她盡可能想要掩蓋受傷的痕跡，但走路時的步伐還是透露了她行走的不便。

跟在轄區的警察身後爬上了老舊公寓的二樓，雖然每走一步腳都在刺痛，但是她並不想造成對方的困擾，還是努力地跟上。

第五章

清白

他們經過長廊時，門牌上寫著「長崎」家的太太拿著垃圾正好要走出來。

「警察先生。」長崎太太似乎早就見過這位警察，一副熟稔的模樣向他打招呼。

警察向長崎太太點頭回禮，帶著身後穿灰色長裙的女人要往前走的時候，又被長崎太太攔住。「唉唷，所以隔壁命案調查的這麼樣了？我們住在隔壁的都沒一天安寧……」

「不好意思，現在在調查中無法透露消息，等結果一出來一定會向您通知的。」

「原本這家就不是什麼正派人物，現在出事了我也不覺得驚訝。只是辛苦了你們這些警察。」穿灰色長裙的女人注意到長崎太太兩句話就把警察拉過來，跟自己站在同一陣線，一副同仇敵愾的樣子在為警方抱屈。

「不會，您也辛苦了。」警察不領情，客套地說完便想要脫身。

「這位是？」長崎太太裝作沒有注意到警察的不耐煩，不死心的繼續追問眼前灰色洋裝女人的來歷。

她可以感受到長崎太太的視線不斷打量著自己的穿著還有長相，她懷疑對方早就在門口觀望，好不容易聽到腳步聲，就裝模作樣的出來打探消息。

「這……」警察正要答話時卻被古市伸行打斷，他從隔壁掛有「大川」門牌的房子裡走出來，看到眼前的警察劈頭就罵。「你們這兩個傢伙竟然躲在這裡偷懶，還不快進來，前田警官已經等得不耐煩了。」

「不好意思佔用了您這麼多的時間，那麼我就先告辭了。」古市轉頭向長崎太太露出迷人的笑容，向她道歉。「噢，對了，提醒妳一下今天是垃圾回收日，不可以丟一般垃圾。」

說完不等長崎太太回神，就拉著警察還有灰色洋裝的女人進屋去了。

「前田警官，對不起，讓您久等了！」警察一進來就看到等候在門後的人，趕緊彎腰道歉。

「沒事、沒事，我們剛進來也是被隔壁的太太糾纏很久，沒想到你們也遇到了。」前田和介一臉笑意的看著這群人進屋，哪裡像古市描述中生氣的樣子。他向警察點頭示意，警察再度行禮後就退出了房間。

第五章 清白

方才的對話前田全都聽在耳裡，他笑著調侃。「真令人意外啊！古市，你竟然會懂得向長崎太太道謝。」

「誰說我向那個女人道謝了？我是在教她怎麼說謝謝。」

前田轉頭向灰色洋裝的女子道歉。「伊藤太太，我為古市的無禮向您致歉。」

「沒關係的。」伊藤和子搖頭表示不在意，灰色的裙襬隨著身體晃動，膝蓋上的紗布隱約地露出來。

「和子小姐，妳的傷口不要緊吧？要不要坐下休息？」古市巡視周圍，發現四周堆滿了死者的物品，這才意識到他們是在命案現場。

看他困擾的樣子，伊藤和子忍不住微笑。「不要緊的，都已經上藥了，我站著就可以了。」

「千萬不要逞強，不舒服要跟前田警官說一聲。」

前田和介聽到他多此一舉補上這句後，忍不住瞪了他一眼。

「我沒事的，倒是這裡……」伊藤和子皺起眉頭看向四周。「這個味道，聞起來很熟悉。」

「妳沒有猜錯，這裡前幾天發生過命案。目前已經從物證上的ＤＮＡ確定當時的無名屍的確是住在這裡的佐倉女士的孩子，父親則不詳，並不是屋主大川勇吾的孩子。」

「原來是那個孩子啊……」

「是的，所以今天才會麻煩妳專程前來一趟。」前田嘴裡叼著沒有點燃的香菸。「目前從手法來看，小孩子的臉部被毀容，跟這次凶殺的手法非常相似，都極度殘忍。但有一個差別是，那孩子是在過世後才被毀容的，我猜想是怕被認出身分。但這對男女……」

「前田警官！」古市大聲阻止他繼續說明，因為真實原因太過血腥。

「沒關係的，請繼續說下去。」

「最大的差別在於，這對男女卻是在生前就活生生被毀容才被殺害的，再加上這裡值錢的物品都沒有少，很明顯的是報復行為。」

「那這跟和子小姐有什麼關係？」古市質問，前田卻無視他的提問，直直地看向和子。

「妳能明白的吧！和子，包含小孩子明明已過世，卻能衝出馬路引起車禍、驗屍官離奇的死亡、妳的姪子還有父親莫名的死亡、消失的屍體、兒子的失蹤，以及妳的車禍事件，恐怕不是真的都是意外吧？」前田和介拿了監視攝影機所拍攝的照片遞給和子。「主要是想給妳看這個，這是在葬禮那天所拍攝到的照片。」

和子看完照片後，驚訝地瞪大眼睛看向前田和介，前田習慣性地從懷中拿出菸盒，正要拿打火機時卻被古市一把搶走。「在淑女面前不可以抽菸。」

前田不置可否，聳聳肩，繼續向和子說明。「這個孩子被拍到的時間，正好是直人失蹤的那段時間。妳覺得看起來像嗎？」

「我……」和子不知道該怎麼回答才好，相片裡的孩子穿著打扮，與直人一模一樣。

「不要緊的，我不認為這是五歲的直人能做出的事情，只是我心中有個假設。」

「假設？」

「上次和子妳告訴我關於八塚家的詛咒，我不認為那是在說謊，但是我把那個列入了可能性裡，綜合起來有了這個設想。我們假設，一開始就沒有人類兇手。」

「這怎麼可能！」古市驚呼。「前田警官不是把證據當作信仰，向來不信鬼神之說嗎！今天是吃錯藥了嗎？」

前田看向和子，和子遲疑了一下，點頭表示同意。

「是這樣的，古市，你應該有聽過八塚家的詛咒吧？」前田看到古市點頭後繼續說道：「八塚家的人，姑且說是有特殊體質吧。他們的身體裡能容納死者的靈魂，而且還能從亡靈那裡得知死者生前的事情，所以這裡的人才會這麼怕他們。」

古市吹口哨，表示難以置信。

「你不相信也是正常的。」前田搔搔頭。「說起來我也是半信半疑，但是我能肯定的是和子絕對沒有說謊。」

第五章 清白

「我……」古市難得結巴得說不出話來，突然興奮地握住和子的雙手。

「這真是太了不起了！所以和子小姐也有這種能力嗎？真的太了不起了，有這種體質的話直接請來死者，這樣找兇手就容易多了。」

伊藤和子還有前田完全沒有料到古市伸行竟然會是這種反應，沒想到他會這麼快就相信，整個出乎他們預料之外。

「你這小子怎麼這麼容易相信別人！」

「我相信八塚小姐是不會騙人的，再說了，我也不覺得前田警官會有這幽默感來唬我。」

「抱歉，我剛的確是騙你的，什麼鬼魂之類的想也知道不可能會存在。」

「喂！」

伊藤和子笑著看這兩個人拌嘴，他們竟然這麼容易就接受她特殊體質的事情。沒想到除了過世的丈夫之外，竟然還有人能接受這種事情，如果能理解自己的人多了一點，或許當初她就不必逃離八塚家了。

前田假裝咳嗽。「所以我的假設是：『這個佐倉女士的兒子，因為被虐待而逃走，不小心被撞死後心生怨念，所以開始對周圍的人下手。然後在葬禮會場上他找到了體質可以容納靈魂的直人，附身在他身上。最後他在跑回家報仇時，正巧被攝影機拍到了。』」

伊藤和子聽完臉色慘白。「所以你是說這個孩子的靈魂，用直人的身體把住在這裡的那兩個人給殺死……」

「這只是我的假設而已，正因為我是崇尚證據的人，所以才這麼說，因為這次所有的證據都指向『不是人類做得出來』的離奇死亡、不可能的犯罪時間、沒有人為的證據。這幾樣湊在一起，所以得出這個結論。」前田和介冷靜地看向和子，彷彿要將她看透似的。

「和子，這幾天妳有覺得直人有任何不對勁的地方嗎？」

「前田警官，就算是這樣你也不能篤定一定是附身在直人身上啊。」

伊藤和子沉默許久，嘆了一口氣。「的確，我也認為前田警官的推理是正確的，這幾天的直人的確和以前不太一樣了。請問我該怎麼做呢？」

「和子，有沒有辦法能將那個孩子的怨靈從直人的身上拉出來呢？那樣

第五章 清白

至少能先阻止悲劇的蔓延。」

「或許可以讓那怨靈關到我身上，但是我需要他的名字。」

「不可以！那樣太危險了，萬一和子小姐反過來被怨靈操控怎麼辦？」

古市插嘴道。

「沒關係，不要緊的。成年人心智比較成熟，不會那麼容易就被搶走身體的。像我父親八塚法一郎，體內也是封印著傳承千年的古老靈魂。」

「既然決定了，那我們就早點出發吧。剛佐倉小姐的駕照上有她的戶籍地址，或許能查到那孩子的名字線索。」

眾人準備動身時，伊藤和子的手機卻響起了，上頭顯示從沒見過的號碼。「你好？」

「請問是八塚家的人嗎？」對方語氣明顯焦慮。

和子回答：「是的。」

「那麼請您盡快趕回來一趟。」

入棺

6章 煽動

「搞什麼鬼，是不會開燈嗎？」男人連續幾天沒回來，深夜到家卻發現家裡一片漆黑，進來時還不小心被小矮桌撞到脛骨，生氣的破口大罵。

事實上男人生氣一點道理也沒有。他之前回來時看到男孩開著燈，還因此飆過，認為男孩浪費電，也等於在浪費他的錢。但他自己完全忘了那回事，現在只急著想要抓男孩來出氣。

他摸黑開啟牆壁的電燈開關，看到男孩躺在牆角，生氣的用腳去踹他。

「你這個死雜種，是故意關燈想要讓我撞到嗎？」男人才踢了幾下，就察覺到不對勁，男孩的反應跟平常不同，動也不動，連吭都不吭聲。

不會吧……

男人整個僵住，額頭滲出冷汗，心中有了最不好的預感。他緩緩地蹲下去，想要將男孩翻過身來，沒想到男孩身體意外的僵硬，不像想像中的那麼好移動。男孩正面朝上，手臂彎曲僵直的伸展在半空中。他向後跌坐，驚駭地說不出話來，他不需要探向男孩的口鼻確認有沒有呼吸，就知道發生了什麼事情。以前他奶奶過世的時候，身體也是這麼僵硬。

還有一股他進門時以為是食物壞掉的臭味。

男人顫抖地想從口袋拿出手機，卻不小心掉落在男孩的手臂旁邊。他不敢靠近，只敢身體往前傾，努力伸長手臂顫抖地想要撿回手機時。

忽然原本應該已經死掉的男孩抓住他的手腕，冰冷而瘦弱的手指狠狠掐進他的皮膚裡，男人被嚇到用力掙扎卻掙脫不了。他把男孩推開，自己因為反作用力而向後跌倒。他死命抓緊手機逃向門外，一路衝到樓下的柏油路上後才發現自己是光著腳跑下來的。

他強迫自己冷靜下來，在通訊錄裡面想找到佐倉的電話號碼。

✝

前田命令古市伸行開車載伊藤和子回去，剛轉過巷口就看到救護車停在門口，周圍的鄰居全部都躲在家裡不敢出門，深怕沾惹厄運。

不待車停好，和子便衝下車上前關心，卻正好看到河內太太被擔架推上

救護車，臨走前她睜大眼睛正好與和子對上眼，她勉強從嘴裡吐出兩個單字

「直……人，直人……」

在一旁拿手巾擦眼淚的上野太太，看到和子就生氣的大叫。「妳家直人到底對河內做了什麼？一家死了兩個人還不夠？還想要拖累別人！要是河內太太有個萬一，我一定不會原諒妳的！」

伊藤和子著急地想要詢問到底發生了什麼事情，卻被醫護人員推開。

「不好意思，請讓一下。」看著救護車載著河內太太與上野太太駛離，和子心亂如麻，抱起了撲向自己的彌生。

「綾子，到底發生什麼事情了？」

在一旁的綾子卻彷若未聞，只是摟著直人，不停的關心。「翔太你沒事吧？噢，我可憐的兒子一定被嚇到了吧？沒事、沒事，那個胖女人已經死掉了，再也不會來煩你了，乖喔……」

「母親……」直人看到和子，開心的微笑。

綾子聽到直人稱呼和子為母親，露出怨恨的眼神，「我才是翔太的母

親！妳這女人不是出車禍死了嗎？怎麼還出現在這裡？」。

這一幕看得和子毛骨悚然，自從翔太去世後綾子就變得不太正常，一直把直人誤認為是自己的兒子，如今連這種殘忍的話都可以輕易地說出口。

但是，有另外一件事情更讓她感到詫異。

「綾子，妳怎麼知道我車禍的事情？」她明明在意外後就直接趕去與前田他們會合了。

「我當然知道，因為就是我家的翔太做的啊！」綾子寵溺的摸著直人的頭。

所以她當初見到的身影果然是直人，真的被附身了啊！伊藤和子緊咬著下嘴唇，希望去佐倉家調查的前田警官，能盡快找出附身在直人身上那個怨靈的名字。

✝

老舊的白色國產車駛進都市的近郊，這一帶全是一般上班族不可能買得起的高級住宅區。

出乎前田的意料之外，他原先以為看到的會是跟命案現場同樣的舊型社區，沒想到依循著女性死者佐倉的戶籍地址，找到的竟然會是這樣的地方。他將車停在一棟白色的洋房外，這棟房子前面還有個專屬的庭院。而在豪宅林立的地方，車門上的凹痕特別醒目。

按了門鈴後，正抱持著等待的心情時，房子的門卻開啟了，應門的是一位年約五十左右的女性，她的打扮再度出乎前田的意料之外，原本以為看到的會是身穿名牌的貴婦，沒想到卻是圍著圍裙，尋常可見的家庭主婦，她穿過了庭院來到鐵門旁。「請問找哪位？」

「請問這裡是佐倉貴美的家嗎？」

「請問您是？」前田出示證件後，原本以為對方會直接幫自己開門，結果婦人只是面無表情地丟下一句請稍等，接著又走回房子裡面。他不耐煩地在外面等待了許久，才又看到婦人走出來。

第六章 煽動

「不好意思，您找錯地方了，這裡沒有那個人。」

這個回答也出乎前田的預想，通常看到他亮出警察證件後，很少有人還敢當面跟他扯謊。

「佐倉女士，我很確定我沒有找錯地方。妳現在有兩個選擇：『第一個是立刻開門讓我進去，第二個就是我依照妨礙警方辦案逮捕妳，然後再強行闖入。』」

「不好意思，你找錯地方了。」婦人還是面無表情地重複這句話。

「是嗎。」前田看對方像是有什麼不可告人的祕密，始終堅持不讓自己進屋。他拿起手機撥打電話，決定不再跟對方囉嗦。

「前田警官，請稍等一下。」

冰冷的聲音從房子的方向傳來，一位穿著簡約但剪裁合身的女士打開了房子大門，完全符合前田心目中貴婦的模樣，他才醒悟到原來他剛剛誤以為是佐倉母親的人，其實只是這個家裡的傭人，眼前開口說話的才是佐倉家正宗的女主人。

「不好意思，剛剛失禮了，您請進吧。」貴婦嘴上這麼說著，語氣卻絲毫沒有抱歉的意思。「田中太太，還不快幫前田警官開門。」

被喚作田中的婦人領著前田進入屋內，前田一路巡視，發現客廳所擺放的照片裡，完全沒有看到佐倉貴美。待他坐定，田中太太幫佐倉夫人沏了一杯茶，轉身要倒另外一杯時，前田阻止了她。「不必了，我沒有打算待這麼久。」雖然這話是對田中太太講的，但是前田卻盯著佐倉夫人，佐倉夫人不理會他，優雅地端起茶杯啜了一小口。

「我開門見山地說，佐倉貴美是您的女兒吧！」

「我不是說我們這裡沒這個人嗎？」田中太太插嘴，被佐倉夫人揮手阻止。

「夠了，田中太太，妳先去忙妳的事情。」

田中太太自知失言，趕緊退下，消失在往廚房的方向。

佐倉夫人轉頭對前田和介說明：「前田警官，您只說對了一半。」

「一半？」

第六章 煽動

「沒錯，她是我懷胎十個月所生的，但她已經不是我的女兒了，我們已經很多年沒聯絡。所以，恐怕無法幫上您的忙。」

「您知道她過世的消息吧！」

「知道，先前員警就有來知會過了。」佐倉夫人以同樣優雅地動作放下茶杯，事不關己地說道。

「那您知道佐倉貴美有個兒子嗎？也就是您的外孫。」

雖然很細微，但前田確定他從佐倉夫人保養有方的臉上看到一絲抽搐，恥辱的表情一閃而過，隨即恢復原先的優雅。

「是的，我早就知道了。」聽得出來她刻意緩和的語氣中帶有一絲輕蔑與不屑。

「那麼您知道那個孩子的名字嗎？」

「不知道。」

前田身體往前傾。「佐倉女士，恕我直言，如果您不願意配合的話，我還是有很多辦法可以調查到的，不如我們都替彼此省去麻煩，您覺得如何？」

「您恐怕誤會了，前田警官。」前田身體刻意往前傾時，佐倉夫人卻一派輕鬆的將身體往後靠向沙發椅背。「我並沒有要刻意隱瞞什麼，只是當初我會與她斷絕關係的原因就是她懷孕的這件事情，所以對她之後的人生我一概不知情，對於您所提的問題我真的是無能為力。」

「不好意思，我頭有點痛，就到此為止。」不等前田回應，佐倉夫人起身拍了拍手，聽到聲音的田中太太小跑步趕了過來。

「田中太太，麻煩妳送客！」

✝

伊藤和子焦急的打電話想聯絡古市，剛才由於她不是河內太太的親屬，醫護人員不讓她一起搭上救護車。古市知道和子放心不下兩個孩子，卻又不方便帶他們去醫院，於是自告奮勇開車代替她前去探望河內太太。

第六章

煽動

和子坐立難安，不斷在家中踱步，心中滿是對河內太太的歉疚，但是她又無法將直人與彌生交給綾子照顧。

她思索許久，還是覺得放心不下，從櫥櫃中拿出原本留給河內太太的車鑰匙。從行李箱中翻出兩個孩子的外套，衡量之下還是決定把他們帶去醫院。和子找到了直人深藍色的連帽運動外套時，稍微遲疑了一下，立刻甩頭把腦袋裡的念頭拋掉。

不管怎麼說，直人就是直人，作為母親怎麼可以害怕自己的孩子。

伊藤和子摺好外套，準備要起身時，突然有人猛然地拉開她身後的紙門。

「綾子？」

她吃驚地看著綾子闖了進來。綾子神情近似瘋狂，手握著上次和子切菜時差點砍到腳的刀子，露出詭譎的笑容快速的逼近和子。

「妳瘋了嗎？還不快把刀子放下！綾子！」

八塚綾子不理會她的叫喊，左手握著刀子向和子揮砍。和子沒想到她會真的砍下來，被嚇到整個人往後跌坐，本能地往後爬。「綾子！快快住手！難不成妳想殺了我嗎？」

「和子，不是我想殺你，是我兒子叫我殺了妳。」綾子行為瘋癲，語氣卻出奇的理性。「我有什麼辦法呢？滿足兒子的願望是我這個母親的責任啊！」

「快住手！」伊藤和子突然看見直人帶著彌生躲在綾子身後的拉門偷看，彌生一副隨時都會哭出來的害怕模樣。和子忽然回想起綾子先前把直人錯認成翔太的事情。

「彌生！快逃啊！快！」和子將手中的外套丟出去，丟到綾子臉上。趁她在拉扯外套時趕緊想要跑到門邊。

和子護女心切，想要撲上前去抱走彌生。綾子把外套甩開，再度揮刀亂砍，不小心砍中和子的肩膀。和子忍痛抓起了行李箱往她身上丟過去，裡頭的衣服全掉了出來，行李箱的輪子不偏不倚的砸中綾子的額頭，綾子整個人往後跌，手中的刀子也飛了出去，一道鮮血順著她的額頭流了下來。

第六章

煽動

和子趕到孩子身邊，看了直人一眼，發現從頭到尾這孩子都出奇的冷靜，彷彿事不關己似的。和子遲疑了一下，只抱起了彌生想要逃走，原本就被嚇到的彌生看到母親肩膀上的血跡哭得更加厲害。和子想要跑去餐廳拿車鑰匙，突然右腳踝被人抓住，只見臉上沾滿鮮血的綾子，高舉菜刀想往和子身上砍，和子本能地用身體護住彌生時，直人高舉空的行李箱往綾子頭上砸下，發出巨大的碰撞聲，她不相信五歲小孩有這麼大的力道。

綾子向前撲倒昏了過去，手中的菜刀再度飛了出去，不小心劃過彌生的小腿。彌生刺痛，放聲大哭。和子趕緊隨便抓了一件散落在地上的衣服按住彌生的傷口。

她忘了自己肩膀上也帶著傷，抱著彌生衝到餐廳抓起車鑰匙，一心只想趕快逃離這裡送彌生去醫院。

直到後照鏡看不見八塚家的老舊式屋頂後，伊藤和子才終於稍微鬆了一口氣。她這才想起來，她完全忘了要把直人帶走。

入棺

✝

被白色建築所環繞的市立醫院裡。

夕陽餘暉從病房的窗戶灑了進來，她專注地看著床上孩子熟睡的臉龐，孩子濃密的睫毛上還掛著淚珠，卻已沉沉睡去，很難想像前一個小時這孩子的腳才被人劃過一刀。

醫生私下對她說孩子可能這輩子都會跛著腳行走時，女人差點沒昏過去，後來她一直強裝笑臉，直到確定孩子睡著後，她才敢躲到廁所裡痛哭。

古市伸行一進門就從伊藤和子洋裝的領口，隱約看到她肩膀上纏著的繃帶，衣服上到處都是深褐色的血跡，她緊緊牽著彌生的手。

「和子小姐，妳跟彌生沒事吧？」

「啊，沒事的。」和子看到古市進門後趕緊偷偷拭去眼淚，露出笑容，古市貼心地裝作沒注意到她的動作。

「請問河內太太還好嗎？」

「這……」古市原本就是要來向她說明情況的，但看到她為了女兒擔憂的模樣後，又將那些話吞回肚子裡去。「河內太太沒怎麼樣，醫生只說要多觀察幾天，妳不用擔心。」

「古市警官真是體貼。」伊藤和子露出苦笑。「沒關係的，都發生這麼多事情了，現在不論是什麼情況我都能承受得住的，請務必告訴我實話。」

古市嘆了一口氣，果然還是瞞不住啊！

「河內太太……過世了？」

「是的，雖然已經盡力搶救了，但還是……」

「要不是我拜託河內太太來幫我顧小孩，她也不會遇到這種事情。」

「和子小姐，這件事絕對不是妳的錯啊！要是當初不是我們請妳來幫忙，妳根本就不需要麻煩到河內太太，不是嗎？所以妳千萬不要自責。」

「謝謝你，古市警官真的很溫柔呢。」伊藤和子轉過身，親吻彌生的額頭。「媽媽離開一下，很快就會回來的。」

她堅定地看著古市伸行，那是一雙不容拒絕的眼神。

「古市警官，請告訴我佐倉小姐的戶籍地址。」

✝

雖然現在是用餐時間，但是這個鄰近市區的高級住宅區，像是刻意要維持一貫的優雅似的，安靜地令人感到不自在。不過那不自然的寧靜也只到上一刻為止，因為伊藤和子正拼命的猛按佐倉家的門鈴。

「來了、來了，拜託妳不要再按了。」田中太太用圍裙擦拭雙手，匆忙地從屋內跑出來。

「請問是佐倉夫人嗎？」

「妳找錯家了，這裡不姓佐倉，還有拜託妳小聲一點。」

田中太太不安地看向四周，看來眼前的這位小姐完全搞不懂狀況啊！這裡可是這一帶單價最高的區域，隨便哪一家都是不得了的人。這些人既有錢又有閒，生活中沒什麼好顧慮的，所以大多都以探聽別人家的八卦為樂。今

第六章 煽動

天稍早有警官來拜訪，就已經足夠被當作這禮拜貴婦們消遣的話題了，如今半夜又來了一個瘋婆子，跑來這裡大喊。

「您好，請幫我找佐倉夫人！」

「就說妳找錯家了，還不快點離開。」

「佐倉夫人！」伊藤和子不理會對方，依舊對著房子大喊。

「行了、行了、行了，妳先進來再說。」田中太太覺得要是再放任她繼續大吼，鄰居都要報警了，所以才趕緊叫她進屋。

「打擾了。」

伊藤和子一衝進屋內，就看到一位優雅的貴婦從扶手梯走了下來。她猜測眼前的婦人大概就是那位無名屍的外婆，佐倉夫人。

「佐倉夫人。」和子試探性的稱呼對方，發現對方並沒有否認，深深地鞠躬。「請告訴我您孫子的名字！」

「怎麼全世界都跑來問我這個問題？」

「拜託您了！」

「不知道。」

「拜託您！」伊藤和子維持鞠躬的姿勢繼續拜託她。

「妳問我也沒用的。」佐倉夫人越過和子看向她身後的人。「前田警官，擅自闖入民宅可以用什麼罪狀將她定罪？」

前田和介走了進來，扶起了吃驚的和子。「您好，佐倉夫人。」

「我代她向您致歉。」

「不要再來打擾我們家了。」

伊藤和子還想要再說些什麼，卻被前田制止了。「那麼我們這就告辭了。」

雖然和子自己也有開車來，但前田卻帶她坐上自己破舊的白色國產車，駛離高級住宅區。

「是古市那小子告訴我妳跑來這裡的。」

「前田警官，請開到佐倉小姐居住的公寓那邊，拜託你。」

「我知道妳現在心裡在想什麼，但妳先看看這個。」前田和介打斷她，交給她一個信封。

「這是？」

「這是我請求佐倉夫人讓我去她女兒房間時，所找出來的一封信。」

「裡面有寫到那孩子的名字嗎？」和子腦海中浮現出醫院裡彌生的睡臉，心急地詢問。

「沒有。」前田開著車，眼角餘光看到和子失望的靠回椅背。「但是看完後，我有個想法。」

> 這封信是專程寫給妳的，母親，還是我應該稱呼您為佐倉夫人？
>
> 雖然妳可能不在乎我的事情，但我還是必須要跟你說。如果妳想知道我肚子裡的孩子是誰的種，何不去問妳親愛的新婚丈夫呢？
>
> 但或許妳早就知道了也說不定。
>
> 貴美

✝

前田專注地行駛在道路上，從置物櫃裡拿出了香菸。和子在副駕駛座上專心的閱讀佐倉貴美所寫的信，信的內容非常簡短，卻令人難以置信。前田雖然因為在開車無法看到她的表情，卻能猜想的到。

「所以那孩子是她父親的孩子？」伊藤和子驚訝地瞪大眼睛。

「看起來恐怕是的。」

「那樣不是亂倫嗎！」

「那是她母親再婚的對象，不是她血緣上的父親。不過妳說的沒錯，那樣也的確算是亂倫。」

伊藤和子將信小心摺好收回信封裡，深呼吸。「這女孩恐怕是在小時候就被她繼父性侵了吧……真可憐，雖然不是說她虐待小孩是可以被原諒的事情，但是我似乎可以理解她心靈扭曲的原因了。」

「我知道妳想將佐倉貴美納入『人棺』對吧！因為直接詢問她孩子的

名字是最快的方法了。但是妳也看過那封信了，可以的話我並不希望妳這麼做。」

前田和介將車子停在舊式公寓前，再度從車子的置物箱裡翻出香菸。

「所謂的納入人棺，就是妳把佐倉貴美的靈魂關在自己體內吧？雖然這樣就可以知道那個怨靈的名字，但這樣一來妳就必須背負著佐倉貴美過去所有悲慘的人生。我給妳看她的信件，是希望妳能打消這個念頭……和子，妳沒有必要做到這個地步。」

「我沒有別的選擇。」

「和子……」

「前田警官，我女兒，彌生她今天被菜刀劃傷了。」伊藤和子打斷了前田，緩緩訴說：「醫生說很有可能一輩子都無法正常行走了，我明明在現場卻無法保護她。」

前田停下點菸的動作，看向她。

「這一切，包含我父親跟翔太，甚至還有河內太太的死，全部都是因為那個怨靈的詛咒。所以拜託你，我一定要將佐倉貴美納入『人棺』才救得了彌生還有直人。」伊藤和子咬著下嘴唇，一副看起來快要哭的模樣，卻又非常堅定。

「我明白了……那就遵照妳的意思吧！」

前田和介將車子轉向，接下來兩人各自懷著心事，一路上都沒有交談。其實距離並不遠，和子卻覺得在車上的時間特別漫長。好不容易終於抵達，前田將車子停在舊式公寓前。

仔細看會發現這裡原先住滿了人，如今發生命案後，只剩下寥寥幾戶人家因沒錢搬家，被迫困在這裡。前田他們走上了鐵製的樓梯，在進門前，前田又用眼神詢問了一次，希望和子能改變心意。

「開門吧！」為了自己的孩子，她什麼都肯做，哪怕是怨靈她都不怕。

掛著「大川」的大門被推開了，雖然屍體早就被搬回鑑識科，但是人死掉後的味道卻沒這麼容易消散。不知道對這公寓剩下的居民而言是否是一樁好事，因為這足以讓房租下跌。

第六章 煽動

沒有多餘的動作，甚至也不需要開燈，伊藤和子就這樣駐足在門口，輕聲呼喚了她的名字。

「佐倉貴美。」

一瞬間，伊藤和子感到暈眩，大量的的畫面還有記憶湧入腦海，包含這女人被自己的繼父性侵、冷漠的母親、懷孕退學後將怨恨都轉移到孩子身上、孩子挨餓受虐，和子甚至還看到佐倉收了人家的錢，將兒子賣給變態的畫面，以及最後佐倉貴美是如何心狠手辣的處理自己兒子的屍體，這些全部的全部都佔據了和子的記憶。

和子在窺探佐倉貴美的人生時，是以第一人稱的視野，彷彿佐倉貴美遭遇的事情，都是和子自己的親生經驗。

她從腦海裡聽見佐倉的聲音……臭雜種，你最愛媽媽對吧？那如果媽媽今天希望你去死，你也會照辦對不對？

「妳沒事吧！」前田和介趕緊扶住她，卻被和子一把推開。

「臭雜種！不要碰我。」

前田被和子凶惡的語氣嚇到，因為平常的和子總是溫柔婉約，講話也是細細柔柔的，完全無法想像她會講出這種話，就連和子都被自己嚇到了，猛然趴在地上將胃裡的食物全部都嘔吐出來。

前田趕緊上前不斷拍著她的背，直到她恢復平靜，和子的嘴唇毫無血色，額頭還冒出冷汗，整個人無力地倒在他懷裡直發顫。

前田知道剛剛那不是和子所講的話，而是被佐倉貴美的記憶所影響，所以他趕緊出聲想要喚回伊藤和子的意識。

聽到前田的呼喚聲，才讓和子原本渙散的雙眼逐漸聚焦。「我們……都錯了，大錯特錯。」

「什麼？」

「這女人，佐倉貴美她一點也不可憐。」和子緊抓著前田的衣襟顫聲道。

「根本不值得同情她，她……」

「她才是真正的惡魔啊！」

第六章

煽動

佐倉貴美回到老舊公寓的樓下，卻找不到大川。她拿起手機撥打對方電話，結果熟悉的旋律從公寓旁邊生鏽的鐵製樓梯下方傳來，只見一個魁梧的男子像小雞一樣瑟縮在樓梯底下，他看到佐倉時的表情幾乎像要哭了出來。

她嘆了口氣，好端端一個大男人害怕成這樣，真是難看死了。

「不過就是死了一個小孩，有必要哭成這樣嗎？而且退一萬步來說，那又不是你的小孩。」

「妳不明白啦……剛剛那個孩子，他，他剛剛抓住我的手！」大川驚恐地高舉左手，在昏暗的路燈下，明顯可以看出手腕上瘀血的抓痕。

「我還以為你說那個雜種已經死掉了。」佐倉貴美不悅的撇嘴。

「他真的死了！我親眼看見他躺在那裡，但是我靠近時他卻突然抓住我的手！」

看對方驚慌失措的模樣，她在心裡冷笑。「那就上去確認一下，看那孩子有沒有死透吧。」佐倉說完便往樓上走。

大川勇吾躊躇不前，打死他他都不想再回去那個房間了。

「那房間可是登記在你的名字下喔！要是被人發現屍體，你以為躲得了嗎？」她露出一貫的微笑。「還有他身上的傷口，被抓到的話不知道要判幾年呢！」

「是、是妳指使我的！」

「我這不就是要去處理了嗎？」佐倉的聲音從二樓傳來，大川也只好硬著頭皮跟了上去。

在門口就可以看見佐倉貴美跪在牆邊，摟著自己的孩子。「別擔心，死得很徹底。」她語氣聽起來彷彿死的是別人家的親人，不帶有一絲情感。

大川勇吾看著男孩沒有血色發灰的臉，才真的確定他已經死掉了。

「去幫我買鐵鎚、毛毯，還有一把刀子。」

「妳想做什麼？」

「我想隨便丟在路中間就可以了，反正我也沒幫他辦理戶口登記，在法律上，他是『不存在的孩子』。不過我得先確定沒有人認得出他跟我之間的關係才行，所以得先幫他整容一下……你會幫我的吧！」

縱使這孩子長期營養不良，不過仔細看他臉的輪廓，確實是跟佐倉貴美十分相似。

「我……」

「難道你真以為你不必為自己這幾年的行為負一點責任嗎？」佐倉貴美就算在這種時候，笑起來還是如此的美麗。「早在七年前你讓我住下來時，就已經是共犯了。」

入棺

入棺

7章 入棺

入棺

大川勇吾永遠記得那一天，那是一個被烏雲籠罩陰暗的日子。

一大早雜貨店剛開門，他就戴著口罩跑去買了工具。回去後和佐倉貴美合力用鐵鎚將男孩的臉砸得稀巴爛。

那鐵鎚敲下去的觸感還有骨頭碎裂的聲音，讓他中斷很多次停下來嘔吐。到最後佐倉貴美不耐煩，乾脆接手繼續處理。她既沒有遲疑，也沒有中斷，只是不斷揮動著鐵鎚。

一旁的大川勇吾打從心裡畏懼這個女人。就這樣持續著，直到男孩的臉變成一坨絞肉為止，她才罷手。

隨後也是她提議要將事情做徹底一點，所以才連男孩的手指肉也一併割掉，除去指紋。

原本佐倉貴美怕被人懷疑，仍打算去上班，但在大川勇吾堅持不肯退讓的情況下，她只好留下。兩人將屍體抱上車後，開往鄉間小路，想要找個隱蔽的地方丟棄屍體。

雨不停下著，一直干擾著大川的注意力。他駝著背在開車，因為他一直

第七章

人棺

感受到後方有壓迫感，雖然明知道男孩已經死透了，他的眼球早就被敲碎，屍體綑綁在毯子裡放在後座，但他還是覺得有一個視線從後方瞪著自己。相較於自己的神經質，佐倉貴美卻是在一旁悠哉地哼著歌，看著窗外不斷閃過的農田，彷彿他們只是開車要去郊遊似的。

他踩著油門，沒意識到自己的時速破表，一心只想要趕快到達目的地。

忽然間，他覺得有一雙冰涼的小手搭在自己的脖子後方，他轉頭怒瞪坐在副駕駛座上的佐倉貴美，以為是她開惡劣的玩笑嚇自己，沒想到卻看到她左手托腮，右手好端端地放在大腿上。

那麼自己脖子上的手是……

他緩慢的抬起頭，看到後照鏡露出一張血肉模糊的小臉。

「啊——」大川這輩子沒這樣尖叫過，肺裡的氣全被他吐出來了，他卻還在叫。佐倉則是被他嚇到，在還來不及搞懂怎麼回事時，就因為大川緊急煞車的緣故，她忽然整個人往前傾，車子還左右晃動打滑了一大段路才停下來。

「你在搞什麼？」

佐倉生氣地轉頭看向大川，卻見到大川的脖子上竟然有怵目驚心的血手印，只見他張大嘴瞪著後座，一句話也說不出來。

佐倉貴美順著他的視線往後看，看到了後座車門被彈開來，而原本應該裹著屍體的毛毯竟散落一地。

男孩的屍體就此消失無蹤。

✝

前田與伊藤和子兩人將佐倉貴美的靈魂關進「人棺」後，便火速趕回醫院。一路上和子因為擔憂彌生的安危，緊張地抓緊裙襬，前田顧慮到她的心情，盡可能將車速開到最快。

好不容易抵達醫院後，前田才剛停好車，和子便匆匆開門離去想要趕到病房，前田只好在後面追趕著。

第七章 人棺

他心中感到好笑，最近他似乎總是不斷地追在匆忙的和子後面。

「彌生！」和子跑上樓梯後猛然打開病房的門，只見彌生依然熟睡，而古市伸行則是被自己的行徑嚇到。

在確定彌生沒事後，她這才放心地鬆了一口氣，一放鬆後就整個腳軟，差點跌坐在地上。

前田從她身後，扶住了和子，轉頭向古市詢問。

「你有看到直人跑來這裡嗎？」

「直人？那個男孩嗎？」古市露出疑惑的表情。「沒有啊，他不是一直待在家裡嗎？」

「不在這裡嗎？」前田跟和子交換了眼神，兩人低頭沉思。

「發生什麼事情了？」

「那個孩子，過去曾經被自己的母親近乎變態的虐待過，所以我們猜想他是因為忌妒家庭幸福的孩子，才會到處殺人。現在那個小孩的怨靈應該是附身在直人身上，剛才我們打電話回八塚家都沒有人接聽，他有可能已經和綾子出門了。他們最近緊盯和子，所以他們很有可能會專程來醫院找她，現在只好在這裡等他們出現了。」

「如果是這樣，那麼和子小姐不就有危險嗎？」

「我不會讓悲劇再度發生的。」前田繃著臉，從外套裡掏出手槍，裝上彈匣。

「前田警官！」和子驚呼，就算明知道直人被附身，且綾子被他操控著。她還是沒辦法狠下心對他們兩個下手。

「別擔心，我向妳保證，我不會對他們兩個開槍的，這只是用來嚇他們的。」

和子聽到前田的保證，這才鬆了一口氣，她走到床邊輕撫著彌生的頭髮。前田看著她們母女倆的頭髮，在某個光線角度下看起來都有點褐色。

「她有醒過來嗎？」和子輕聲問，怕吵醒了彌生。

「剛有醒來過一次，不過醫生說只是受到驚嚇，讓她多睡一陣子就好了。」古市向和子轉述。

「彌生剛醒來時找不到妳，哭得很慘，就連護士也安撫不了她。」

「噢！她一定是哭著說我是壞媽媽。」和子想像彌生哭泣尋找自己的小臉，忽然覺得很可愛，忍不住露出微笑。

前田靠在門邊，注視著眼前和子母女倆幸福的畫面，忽然間覺得無名屍、怨靈什麼的都很不真實，只希望時間停止在這一刻。

他忽然感受到異樣的目光，轉頭看到古市一副調侃的模樣，直衝著自己傻笑。

前田瞪了回去，手在脖子前面畫了一道，警告古市最好小心一點不要招惹他。

注意力都在彌生身上的和子沒有察覺到他們之間的互動，只是稍微放縱自己沉浸在與彌生共同的回憶裡，想逃避直人被附身的事實。忽然間她像是想到什麼，睜大了眼睛，呼吸也變得紊亂。

「怎麼了？」連前田都沒有察覺自己的語氣有多溫柔。

「沒什麼……我只是突然想到有個東西忘在你的車子上。」

「放在哪裡？我去幫妳拿，妳自己去太危險了。」

「沒關係的，我想順便出去透透氣，很快就會回來的。」和子向前田微笑。

「方便跟你借一下車鑰匙嗎？」

前田從口袋裡翻出車鑰匙。「千萬要小心，畢竟對方只是五歲的小孩，要是他真的衝過來，妳儘管轉身逃跑就是了，憑他的腳力是跑不贏大人的。」

「謝謝你。」和子道謝後，雙手接過鑰匙。

待伊藤和子一離去，古市就立刻湊了過來。

「幹嘛？我先警告你，我對男生一點興趣也沒有。」前田沒好氣的說。

「別裝了老大，你明明知道我想說什麼。你看起來明明就很想跟過去的樣子。」

「不論你想說什麼，都給我憋著。你每多講一句，我就會想辦法用別的名目扣你一天薪水。」

「老大，你很喜歡她吧？」

權衡之下，古市決定簡明扼要的用一句話解除心中的疑問，能用一天薪水換到眼前這位悶騷大叔的八卦，實在是太划算了。

「古市，你知道警察當久了，最大的好處是什麼嗎？」

「假借辦公的名義，行把妹之實？」

「不是。」前田和介露出燦爛的微笑，緩步向古市逼近，低下頭在他耳邊說：「警察當久了最大的好處，就是你會知道很多不為人知的行凶手段，以及鮮少人知道的藏屍地點。我保證你埋在那裡的話，至少在一百年以內都不會被人發現，你覺得怎麼樣？」

古市故意抖了幾下，把前田推開。「好嘛，不問就不問，小氣死了，反正我自己心裡有數就可以了。」

「真的不是你想的那樣，我跟和子不是那種關係。」

「是、是、是，隨便你怎麼否認。」被前田瞪了一下，他趕緊轉移話題。

「對了，你不覺得和子小姐的反應不太合理嗎？」

「你想暗示什麼？」

「你不要那麼敏感嘛！前田老大，如果真人真的是被附身的話，和子小姐會放心離開可能成為下一個受害者的彌生身邊嗎？如果只是為了拿東西的話，我會寧可拜託別人幫我拿，自己守在女兒身邊。」

前田可以感覺到汗水順著自己的後頸流下。

「古市，有時候我真恨你神準的第六感。」

他一把拿走古市的車鑰匙，不待對方抗議，只留下一句照顧好彌生，便拔腿向外狂奔。他心中不祥的預感逐漸擴大……

醫院的地下停車場，原先停著他破舊白色國產車的位子上空無一物。

✝

「你也太誇張了。」

明明是大白天，房間的窗簾卻全都被拉上，而且所有的日光燈都被打開來。大川勇吾展現了與他名字不符合的勇氣，蜷縮在被窩裡面，瑟瑟發抖不肯出來。

佐倉貴美嘆了一口氣，伸手想要拉開他的被子，他卻反而將身體縮得更小。

「有這麼害怕嗎？不過就是個小男孩而已嘛！」佐倉貴美感到不解。

「不過就是個男孩？不過就是個男孩！」大川突然發飆，掀開棉被掐住佐倉貴美。

大川指著自己的脖子。「你看我的手腕還有脖子上的抓痕，這是一個死掉的人做得到的事情嗎？他哪裡是普通的男孩？他根本是妳生出來的怪物！現在他跑走了，一定會再回來這邊找我們算帳，不行，我得趕緊離開這裡……」

他越講越慌亂，整個語無倫次，沒注意到自己手越掐越緊，佐倉貴美幾乎都喘不過氣來，痛苦的在掙扎。

叩、叩、叩。

大川聽到開門聲，緊張的想要拿起預備好放在桌上的榔頭。只見一個從來沒見過，身穿西裝的小男孩打開了門，探頭進來。他見到不是那個小雜種屍變來找自己，鬆了一口氣。

「喂！我不認識你，快給我滾開。」大川想要趕這小鬼走時，忽然佐倉貴美抓住他的衣袖似乎想要說什麼。

大川鬆開手，佐倉貴美趴在地上拼命吸取氧氣，一時之間說不出話來。

「我……我剛剛……」

他不耐煩。「妳想講什麼？」

「我……我剛剛有鎖門……」佐倉貴美臉色鐵青的喘著氣。「那個小孩是怎麼開門的？」

「什麼！」

大川吃驚地看著這個不認識的男孩，男孩卻對他咧嘴微笑。男孩發出低沉的聲音：「你這個臭雜種不是想掐死這個女人嗎？不要停下來啊……」

穿著西裝的男孩一步步逼近，大川從他身上聞到一股熟悉的腐爛味。

「你，你別過來啊！」他轉身要往後跑。佐倉貴美搶走鐵鎚打在男孩身上。

男孩看著佐倉貴美說：「妳想再殺死我一次嗎？媽媽……」

只見他腦袋被敲碎，腐爛發臭的腦漿流滿半邊臉，卻阻止不了男孩前進的腳步，他仍掛著詭異的笑容上前抓住佐倉貴美的手。

佐倉貴美被他硬生生地折斷手腕，發出淒厲的叫聲，手中的鐵槌應聲掉落。

躲在一旁嚇到尿失禁的大川勇吾，想趁他注意力都在佐倉身上時趁機逃走，他正要爬走時，後腳跟卻被男孩緊緊抓住，拖了回來。

男孩高舉鐵鎚，砸向他的腳踝。

大川發出殺豬般的叫聲，痛到倒在一旁嘔吐。

「你別殺我，我是你媽媽啊！別殺我，我最愛你了……」佐倉貴美的雙手垂成詭異的形狀，她不斷哭著求饒。

男孩撿起地上的榔頭，猛力一擊，正中佐倉貴美的鼻梁，瞬間粉碎性骨折，眼球也受擠壓破裂。現在她連想叫都叫不出來了，倒在地上痛苦的抽搐。

男孩蹲下來在她身邊耳語：「我也愛妳，媽媽。」

伊藤和子一路急速狂飆，她剛在醫院想起了以往彌生在生自己氣的時候，她會叫自己「壞媽媽」，她才突然醒悟，那孩子被自己的母親虐待多年，而剛好一直以來出現的死者，大部分都是女性，包含武內千代檢察官、河內太太、還有差點死掉的自己，代表怨靈對母親這種角色的仇恨。這樣看來，下一個有危險的，不就是一直在直人身邊的綾子了嗎？

白色破舊的國產車，像是在接受極限考驗似的，急速的行駛在狹小的道路上。隨後停在巷底的一棟舊式房舍前。伊藤和子顧不得規定，就這樣將車子停在路中間。

這次她沒有選擇房子旁的側門，而是選擇從八塚家的大門，也就是營業了數百年的棺材店正門口走進去。

自從和子懂事以來，知道自己家是「為死亡善後」的行業後，她就再也

第七章 人棺

沒有從正門口踏入家門過了。

兩排的棺材像森林的樹幹般直立著，並以相同的間距擺放著。自從八塚法一郎過世以後，就再也沒有人整理過前面的棺材區。傳承數代的棺材店第一次暫停營業。

伊藤和子拉開幾個世紀以來，從來沒有人打開過的木製大門。厚重的門與地板發出刺耳的摩擦聲，重新連接起生者與死者的居住世界。

「綾子！」

和子大聲呼喚，卻沒聽到任何回應。她拉開木門後，直接面對的是一道橫向的走廊。向左走一小段就是餐廳與廚房，而右邊是一座直接通往二樓的陡峭樓梯，也就是八塚一家人實際上所居住的空間，當然綾子的房間也在上面。伊藤和子毫不猶豫地右轉，直奔上去。

踏上最後幾階時，視線會正好貼近二樓的地板。伊藤和子注意到左手邊綾子的房間開著燈，卻隱約看到某個東西在空中擺盪，然後有一團黑影靠近，抓住了那個東西。

伊藤和子手腳並用地趕到二樓。

只見綾子在自己房間裡的梁上繫了一條繩子，剛才和子就是看到繩子在晃動的影子。繩子垂下來的尾端往上反綁成剛好能容下一顆頭通過的圓圈。綾子雙手抓住繩圈下垂的部分，墊起腳尖。

「快住手！」

伊藤和子以嬌弱的身軀撲向綾子，綾子隨即從小板凳上重心不穩的跌了下來，兩個人狼狽的倒在地上。

「妳沒事吧！」和子驚恐地扶起綾子，發現她身上並沒有傷口時才鬆了一口氣。

「翔太叫我去死，我還能怎麼辦？既然這是我兒子的願望，我就只好去死了，可是現在我沒有死成，他就會不開心，我不能讓他不開心，因為他都已經死過一次了……」

八塚綾子慌張地拉扯著自己的頭髮，一把扯下很多根，她卻像是沒有痛覺似的眼神渙散，無助的任由和子抱住自己。

第七章

人棺

「綾子，妳冷靜一點！」

綾子這才終於注意到身邊的和子。「都是妳！妳為什麼要阻止我殺死我自己！妳的存在就只會妨礙我而已！」

綾子的話刺傷了和子，但和子仍死命地抱住綾子，深怕她一不注意又會傷害自己。綾子抓狂地把和子推開，掙扎地想要再爬上板凳，卻被和子死命地抱住腰。兩個長相相同的女人糾纏在一起。

「綾子，快住手！」

兩人在拉扯之間，忽然和子看到直人站在方才自己進來的門口，他的小手上握著當初劃傷彌生的那把菜刀。

「直人！」「翔太！」兩姊妹同時叫出口，卻喊出不同的名字。

「對不起，媽媽這就去死。」八塚綾子哭著想要把自己的頭套進繩索裡。

「快住手！」和子拼命的攔住她。「直人……不對，你這個臭雜種！」

佐倉貴美一直沒有幫自己的孩子取名字，而是直接喊他雜種。這就是這個孩子的名字。伊藤和子大吼，想要將他關入「人棺」。

直人聽到伊藤和子的叫喚聲，停頓在原地，正當和子以為奏效的時候，沒想到他卻偏著頭，露出令人猜想不透的笑容，而又繼續往前邁進。

「您似乎一直都搞錯一件事情了。」

「你別過來！」

「我來幫母親您解決煩惱吧！」直人握著刀子一步步逼近，他走到兩人身邊，和子卻分身乏術無法阻止他。眼看他高舉刀子，就要砍中自己，和子反射性的閉上眼睛，等待刀子往自己身上砍落。

八塚直人毫不猶豫，揮著刀子就往綾子的小腿後方畫出兩道傷口。

「綾子阿姨，請您不要亂動，這樣我很難瞄準的。」

綾子疼痛的大叫，雙腳無法使力，從板凳上再度摔了下來，壓在和子身上。

「綾子！」和子掙扎地爬起身，趕緊用裙襬想要按壓住綾子的傷口，怕她失血過多。

「既然她這麼想死，我就成全他。」

第七章 人棺

「直人，快把刀放下。」和子尖叫。

直人這次轉向伊藤和子，她本能地用手護住自己的頭，只感受到刀子揮落的聲音擦過耳際，鮮血噴到自己臉上，卻完全沒有疼痛感。

和子聽到身旁傳來小孩疼痛的哀號聲，轉頭一看，驚訝地發現刀子深深地刺進本來應該早就死去火化的翔太肩膀上。

「翔太？」

翔太早就在車禍時失去左手，現在正勉強地用僅存的右手想要拔出刀子。和子腦袋一片混亂……

怨靈不是應該附身在直人身上嗎？怎麼現在翔太又復活了？

和子赫然發現或許自己一直都搞錯了，其實當初被附身的一直都是翔太，這樣就能解釋當初棺材裡消失了一具小孩的屍體。他們一直以為是無名屍小孩的屍體不見了，但其實兩人早就調了包，無名屍小孩附身在翔太的身上偷跑走了。所以佐倉貴美跟同居人大川勇吾被殺害的那天，所拍攝到身穿黑色西裝的小孩，其實不是直人，而是翔太！怨靈附身在翔太的屍體上，回去找自己的母親報仇。

這樣一切就說得通了。

她趁翔太還在拔刀子時一把抓起了身旁的板凳，想要先下手為強，卻被綾子護在翔太面前。

「綾子！快走開！」

「妳這女人一定是忌妒我現在有兩個孩子，所以才會一直妨礙我。」

「妳在胡說什麼？快點讓開！」

「不，我是不會……」綾子話還沒說完，就軟軟的倒下，和子趕緊抱住她，卻發現綾子的背後插著一把刀，而翔太開心的在她身後拍手。

「不能拔！」和子注意到翔太想要做什麼，卻阻止不了。

拔起了插在綾子身上的刀子，瞬間噴出大量的血液。和子無助地用雙手按壓，但是血還是不斷從指縫間流出來。

「媽媽……都去死……」翔太咧著嘴，和子猜想那是他的笑容。

突然間，他被直人撲倒，翔太手上的刀子掉落在地，和子趕緊將刀子踢

第七章 人棺

向一旁。

兩個孩子在地上扭打，剩下一隻手的翔太力道明顯佔了上風。

「快住手！」和子撿起了板凳，從翔太的頭頂揮落。翔太的頭被打歪，脖子發出骨頭斷裂的聲音，卻仍然沒有倒下。他單手把跟自己一樣高的直人舉了起來，甩出門外。

翔太轉向和子，她不停的往後退，卻踢到刀柄跌倒。翔太用右手掐住和子的脖子，和子痛苦地抓住翔太的手，雙腳在地上猛踢。她摸到了菜刀，使勁的往翔太身上刺了過去。刀卡在他腰間上的肋骨，翔太的力道卻一點也沒有變小，和子逐漸失去意識。

碰！

一陣槍響傳來，翔太整個人向旁邊飛彈。和子痛苦的倒在地上喘氣，只見前田握著手槍出現在門邊。

「有沒有怎麼樣？」

前田和介趕緊扶住她，和子感受到一雙溫暖而厚重的手，還有他低沉的溫柔嗓音，讓和子忽然覺得很放心，她張大眼睛看到前田滿臉憂心的樣子，不自覺地伸手抹去對方臉上的汗水。

「小心後面！」在前田懷中的和子突然瞪大眼睛。

翔太拔起腰際的刀，刺中前田的背部。和子慘叫：「不要啊——」

砰！另一聲槍響傳來，只見直人握住前田的警槍，準確的擊碎翔太的膝蓋。

砰！砰！他又補了兩槍，將翔太剩下的另一隻腳以及右手給打斷。雖然沒了四肢，但翔太還是躺在地上試圖掙扎。

伊藤和子呆坐在地上，一時之間太多事情衝擊著她，令她反應不及。

「你這個臭雜種。」直人對著翔太叫喚，只見對方在地上又抖了兩下，最後才終於停止不動。

直人用「人棺」，把翔太身體裡的小孩怨靈關入他自己的身體裡。

只見直人冷靜的走向綾子，和子這才回神，全身警戒。

「你想要對綾子做什麼。」直人不理會她，逕自探向八塚綾子的口鼻。

「她已經死了。」

直人轉向，摸著前田和介的頸動脈，對和子說：「這大叔還有氣，如果妳想救他的話，就幫我一起搬。」

✝

一路上伊藤和子心亂如麻，開著白色國產車疾駛在道路上。直到躺在後座的前田發出痛苦的呻吟聲，她才想起後座的傷患，趕緊減速下來。

從翔太的死開始，父親八塚法一郎、鄰居的河內太太、綾子……一個個全都死得不明不白，甚至連自己也都曾經幾度遇害……原本一直以為小孩子的怨靈是附身在直人身上，結果竟然是附在已經過世的翔太體內，這點和子倒是始料未及。而且沒想到在最後一刻竟然是直人保護了自己，如果他的體內不是佐倉貴美的兒子，那到底是誰？

不過不管他的體內是誰的靈魂，現在的和子都只關心一件事情。

「直人呢？」

「母親，您在說什麼啊？我不就在這裡嗎？」

坐在副駕駛座上的直人，露出一派天真的笑容，不解地看著和子。

「現在就只有我們兩個人，你就不用再演戲了。」

和子一講完，身旁的直人就陷入了沉默，久到她以為他不打算開口的時候，直人卻突然伸懶腰。「真無趣。」他意興闌珊地注視著外頭的風景。

「直人呢？」她又問了一次。

現在的「直人」因為真面目被和子發現，懶得再繼續假裝自己還是她的兒子，一副不想搭理和子的模樣。就連現在她問他問題，他也沒有想要轉頭的意思。

「妳是從什麼時候發現我不是直人的？」

「你記不記得辦葬禮的那天晚上，你回來後竟開口叫我母親，直人向來都是稱呼我為媽媽的。」

「那幾乎是一開始就察覺了嘛！」

「還有我也知道你也把翔太的靈魂關在現在的身體裡面，所以綾子才會一直認為你是她的兒子，只是後來她看到翔太被怨靈附身的身體，才會精神錯亂，以為自己有兩個兒子。」和子一邊向「直人」解釋，一邊釐清自己的思緒。

「妳怎麼能肯定翔太在我體內？」

「我也是後來才想起來的，在葬禮當晚，彌生很高興看到你回來，叫你『哥哥』，但是彌生向來都只叫你『直人』。」和子想起了醫院裡的彌生，忍住想加速的衝動。

直人拍手鼓掌，稱讚道：「猜得不錯，可惜妳只猜對一半。翔太是被直人關在體內的，早在我得到這個身體前，這裡面就住著別的靈魂了，不然妳以為我有這麼大方會跟別人分享嗎？」

從五歲的孩子嘴裡吐出超齡的話，直到現在他才算是親口承認自己不是直人，讓和子最後一絲渺小的希望也被澆熄了。

「那你到底是誰？把我的直人還給我。」

「其實妳知道我是誰的。」直人發出詭異的笑聲。

「我不……」

「不，妳是知道的，照八塚家的繼承順序來講，我本來應該住在妳的體內才對。」

「難道你是……原本在我父親身體裡面的那個千年惡靈？」和子顧不得自己還在開車，吃驚地轉頭看向直人，直人露出可愛的笑容，並不否認。

「什麼惡靈，真是難聽。你們這種闖入別人靈魂的體質，要是精神力不夠的話可是隨時都有可能被取代的。就拿你父親來說吧！要不是我住在法一郎的身體裡，幫他壓制住體內其他的靈魂，妳以為他能撐這麼久卻沒被自己逼瘋嗎？說起來我還算是八塚家的恩人呢！」

原來一直都是因為自己當年選擇了逃避，所以現在才會牽連到直人身上。伊藤和子現在心中無比的懊悔。該不會連父親八塚法一郎的死都跟自己有關吧？想到這裡，和子趕緊擦掉淚水，現在還不是哭的時候。

伊藤和子顧不得後座的前田，她將車子停到路旁，看向直人。

「請把我的直人還給我。」

「辦不到。」

「我把我的身體讓給你，拜託你了，請把我的直人還給我。。」

「為什麼我要這麼做？這個年輕男孩跟妳這個老太婆相比，用膝蓋想也知道哪邊比較好。我對現在的身體很滿意。」直人毫不猶豫地回絕。

和子的心臟收縮了一下，突然間她覺得自己的思緒不受控制，脫口而出。

「閉嘴，你這個臭雜種，叫你還來就給我還來。」

說完和子也被自己講出來的話給嚇到，趕緊摀住嘴巴！不敢相信自己怎麼會突然講出這種話。

直人聽到後愣了一下，隨即哈哈大笑。「妳還是先好好適應妳體內那位佐倉貴美的新靈魂吧！免得到時候自己先被取代了，或是記憶受影響而性情轉變，也學那個女人一樣虐待自己的小孩就糟糕囉！八塚家的精神病可是赫赫有名的喔！」

伊藤和子想起了佐倉貴美，還有她怎樣對待自己親生孩子的畫面，聯想到還在醫院的彌生，忍不住雙手顫抖。她怕自己真如直人所說的那樣，會變得像佐倉貴美一樣冷血。

「所以囉，還是讓我留在直人體內，這樣妳哪天發神經的時候，至少還有我保護妳家的寶貝彌生。」

「彌生……」

「我會好好扮演妳的兒子，希望妳也裝得像一點啊！」直人咧著嘴笑，明明看起來像是孩子的天真笑容，卻讓和子打了個冷顫，有那麼一瞬間，她甚至認為這孩子或許比佐倉還要可怕。

「請多多指教，媽——媽。」

【完】

永續圖書線上購物網 讀品文化事業有限公司
WWW.foreverbooks.com.tw
yungjiuh@ms45.hinet.net

鬼物語系列 28

人棺

作　　者　時下
出 版 者　讀品文化事業有限公司
執行編輯　賴美君
美術編輯　林鈺恆
內文排版　姚恩涵

總 經 銷　永續圖書有限公司
TEL／(02)86473663
FAX／(02)86473660
劃撥帳號　18669219
地　　址　22103　新北市汐止區大同路三段 194 號 9 樓之 1
TEL／(02)86473663
FAX／(02)86473660
出 版 日　2021年08月

法律顧問　方圓法律事務所　涂成樞律師

國家圖書館出版品預行編目資料

人棺 / 時下著. -- 二版.
-- 新北市 : 讀品文化事業有限公司, 民110.08
面 ;　公分. -- (鬼物語 ; 28)
ISBN 978-986-453-151-6(平裝)

863.57　　110009840

人棺　（讀品讀者回函卡）

■ 謝謝您購買本書，請詳細填寫本卡各欄後寄回，我們每月將抽選一百名回函讀者寄出精美禮物，並享有生日當月購書優惠！
想知道更多更即時的消息，請搜尋"永續圖書粉絲團"

■ 您也可以使用傳真或是掃描圖檔寄回公司信箱，謝謝。

傳真電話：（02）8647-3660　　信箱：yungjiuh@ms45.hinet.net

◆ 姓名：　　□男　□女　　□單身　□已婚

◆ 生日：　　□非會員　　□已是會員

◆ E-Mail：　　電話：（　）

◆ 地址：

◆ 學歷：□高中及以下　□專科或大學　□研究所以上　□其他

◆ 職業：□學生　□資訊　□製造　□行銷　□服務　□金融
□傳播　□公教　□軍警　□自由　□家管　□其他

◆ 閱讀嗜好：□兩性　□心理　□勵志　□傳記　□文學　□健康
□財經　□企管　□行銷　□休閒　□小說　□其他

◆ 您平均一年購書：□ 5本以下　□ 6～10本　□ 11～20
□ 21～30本以下　□ 30本以上

◆ 購買此書的金額：

◆ 購自：　　市(縣)
□連鎖書店　□一般書局　□量販店　□超商　□書展
□郵購　□網路訂購　□其他

◆ 您購買此書的原因：□書名　□作者　□內容　□封面
□版面設計　□其他

◆ 建議改進：□內容　□封面　□版面設計　□其他
您的建議：

剪下後傳真、掃描或寄回至「22103新北市汐止區大同路三段194號9樓之1讀品文化收」

廣 告 回 信
基隆郵局登記證
基隆廣字第 55 號

221-03

新北市汐止區大同路三段 194 號 9 樓之 1

讀品文化事業有限公司　收

電話/(02)8647-3663 傳真/(02)8647-3660

劃撥帳號/18669219 永續圖書有限公司

請沿此虛線對折免貼郵票或以傳真、掃描方式寄回本公司，謝謝！

讀好書品嘗人生的美味

人棺